八・百・屋の町を歩こう

Aruko Lee

（アルコ リー）

人間社

Robert Walser

百合のシースルールック

まず去年の夏、「ハガキの名文コンクール」に応募した私の文章を紹介したい。

退職までは、働きながら歩く。毎日トボトボ、日曜日には寄り道する。退職してからは、散歩を本業にする。焦らず隣の町、またその隣の町へ、私の散歩道を増やしながら。ここまで書くと、できるだけ早く退職したくなる。歩くひと、我が町に自分が染まり、風物詩になることを願う。

輝く入選は逃がしたが、言葉には魂の風がある。私は実際、予定を早めて退職した。「言霊《ことだま》」という素敵な言葉を慎んで実感しつつ、今、「歩き三昧《ざんまい》」の日々を送っている。

退職した職場からは、晩秋の韓国語スピーチ大会に審査委員としてお呼びがかかった。仕事を離れて肩がどんどん軽くなり、思う存分歩くことで心が満たされたためか、その招待を素直に喜べた。元の同僚、学生たちに会えると思うと、トキメキを覚える。

ところで私には、時間の富者《プジャ》になったら、とことん楽しもうと決めていたことがある。Walking・Writing・Reading・Cooking――この四つの時間だ。今のところ概ね満足しているが、Cookingだけは手抜きが多かったと、ほんの少し反省する。基準はあくまで甘い。

ここでWritingだが、何を書いたのかと聞かれたら「日頃の、学生たちからの質問に対する答え」だとも言える。今年、大学で新しく出会った若者たちが、六〇歳を、目前にした私に真剣に質問をしてくれる。「その年齢には、どんな楽しみがあるのか?」「ソウルから、わざわざ名古屋に来た理由は?」「ソウルと比べて名古屋は?」「悩みとの付き合い方は?」「休日の過ごし方について……」。

各人に、講義中、廊下、メールやSNSで伝えたが、少し詳しく答えようと、早朝のWalkingの日課にWritingの作業を加えた。それを一冊にしたのがこのエッセイだ。名古屋暮らしは瞬く間に三〇年を過ぎ、ソウルでの日々より長くなっている。さまざまな想いの波が泡になって忽《たちま》ち消えそうな中で、未熟ながらも書き留めることができたのは、自分のためにも大きな収穫となった。

たまに旅先で、名古屋の魅力について聞かれることがある。「ものづくり」や「味噌煮込みうどん」でお茶を濁しつつ、道端のマンホールの蓋や食堂の営業許可証に刷り込まれた「八」の数字と、町の片隅に凛々しく立つ「百合《ゆり》の花」が頭をよぎる。

早朝、八つの坂の交差点に立って八方に広がる道を眺め「もしも八方が塞がったら空を見上げよう。そして雨や風に朽ち果てても、これってシースルーなのよ、と言い張る晩秋の百合を見習おう」と、自分に気合を入れる。名古屋は、私にとって「八」と「百合」の町だ。

まだまだ歩いてない坂や裏道は多いが「飽きないのか」とは、聞かないでほしい。四季、歩き続ける日々の醍醐味を教えてくれた、ロベルト・ヴァルザーのユーモア溢れる文章を口ずさみ、今日も家を出る。

　こうして半年間、家族にも知らぬふりをしつつ、自分のための安息の時間として歩き、書いた。これからも、子育てと仕事の両立で追われた分、自分の甘えを貫きたい。そこからゆっくり生まれる優しさがあれば、まわりの人たちに、雨の雫《しずく》のように時間のおすそ分けをしたい。


　最近は、日が暮れると秋風の誘いに応じて走りたくなる。夕飯の片付けを済ませ、慣れた町を走りに出る。走ったり止まったり歩いたりする私の今を、ほほえんで受け入れてくれる日本と韓国の家族に感謝し、特に今度のエッセイの表紙絵と挿画を渋々描いてくれた娘に「気に入ったよ」と何度でも言いたい。

　最後に、この場を借りてだが、一度も原稿の催促をしなかったのんびり屋・山田編集長と鋭い助言を下さった編集の三輪さんに感謝を申し上げたい。そして多少大きめのこの名刺を通して、これから出会う方々に期待を寄せ、八と百合の町を、私は歩く。

　　　　　　　　　　　　　　　　　　　　　　　二〇二三年一〇月の終わりに

目次

第1章　退職よりフリー宣言

ルビコン川をわたる

去年の暮れ、三カ月後の「退職」を親友のYに伝えたら、さっそく返事が来た。「会いたい」という。

二〇二三年が明けて二日の朝、家の近くで彼女と待ち合わせ、二人で空いている店を探して二〇分ほど歩いた。坂の途中のワッフルカフェにたどり着いたのは一〇時頃だった。

Yの職場は、いわゆる「インターナショナル幼稚園」。パート勤務だが、保育士の資格取得を目指していて、その試験が先月あった。多忙な受験期間が終わり、会えるのはほぼ三カ月ぶりだ。嬉しかった。

その席に、長らくコンビニで働きながら年齢制限ギリギリで司法試験をかいくぐった新米弁護士・Tも合流した。私はここで、自分を飾らず「自己検閲」もせず、胸のうちに溜めていた自分の近況と未来を、素直に話すことができた。

Yは岐阜県、Tは東北の出身だ。二人が暮らすこの町で、時おり熱い思いを分かち合ってきたことへの安心感……。私が胸の内を素直に吐き出せたのは、そのお陰だったと思う。親友たちの春の陽射しのような眼差しに、頑なだった心の水門が開かれたのだった。


私は名駅近くの名古屋韓国学校で、専任教師をしていた。

半月前、その勤務先の校長に「新年度の予算案を組む時のことですが、人件費に私の分は入れないでください。三月に退職させていただきます」と言った。いかにも財政が厳しい職場の現状を気遣う態度で、そしてまた、若い教師たちに機会を与えようという、ものの分かった上司の口ぶりで、退職の希望を伝えたのだった。

けれど二人の親友には、「私、バーンアウトだよ」と弱音を吐いた。日本語で言えば「燃え尽き症候群」。仕事への熱意が、まるで火が燃え尽きるかのように消えて、無気力な状態になることだ。

「去年の秋ごろからなの。会議でも、新年度の授業や行事計画を立てるため、若い先生たちに意見を出すようプレッシャーをかけるばかりで、自分ではアイデアを出せなかった」と、甘いワッフルを食べながら告げた。

建て替え前の校舎は古ぼけて小さかった。しかし運動場があり、二階の廊下からは空や垣根の緑と花が見えた。人間関係のいざこざがあっても、感情が晴れる余白があった。耐震建築の新校舎はコンパクト過ぎて、窓を開けない限り、出勤から退社までの時間、閉じ込められたような感覚がある。さらにコロナ禍での最小限の教育活動で気持ちはしぼんでしまい、コロナから脱した後も、消え去りそうな情熱の火にとどめの水をかけるような出来事こそなかったが、ここで再び頑張ろうという力は湧いて来なかった。倦怠の椅子に針のムシロ。ここを離れる日は、もう遠くないと思った。

正確に言うと去年の一一月、私の誕生日のあたりから退職を切り出す当日まで、私は相当な無気力状態に陥っていた。とどめの水は、間違いなく、そして思っていたより早く私を襲った。

以前なら朝の散歩の帰り道や、仕事から帰ってシャワーを浴びている時、または夜、布団に入った時などに、悩みや苦しみの中にも煌めくものが現れ、翌日は、学校で生き生きとしていられたのに。今回は違う。廃墟に置かれた埃だらけのタイヤのように、私は、すでに力尽きたのだ。

三年ほど前から、退職後のことはうっすらと意識するようになっていた。

退屈しのぎに海辺か森にゆき、一日中歩いたり、露天風呂三昧がしたい。そうだ、善光寺と上高地、対馬にも行こう。そんな自分の姿を思い浮かべ、うっとりもした。

妄想は続いた。飽きるくらい心底癒されたあと、声優や演劇俳優など、新たな仕事の扉をノックしてみたい。かといって雲の上で霞ばかり食べているわけにはいかないので、日々の糧を得るために一日四時間は仕事をする、という目算だ。無駄な出費は減らし、清貧の道に寄り添いつつ、何より時間を大事にするのだ。

そう考えると、前向きな思いが全身に広がり、自分の近い未来の姿が、濃い霧の中からおぼろげに見えてくる気がした。

私はとりあえず「甘いもの」を思い描いた。「厳しいもの」たちはすぐ追い付いてくるだろうが、それを先に背負う気はさらさらない。できるだけあと回しにするのだ。

親友二人と話した夜、私は「自分を褒めたい！」と思った。非常勤講師として一年半、教頭として一年、そのあと校長として一一年。校長としての役目を終えたと考えて辞表を出したが引き止められ、新任校長が仕事に慣れるまでという約束で主任を二年、大過なく勤め上げた。誇らしいことだ。五九歳の退職に乾杯！　少なくとも有給休暇二カ月の間は、できるだけ休みながら、お世話になった方々に感謝の言葉を伝えて過ごそう！


その日の夜は、久しぶりにぐっすりと眠れた。親友たちと語り合う中で「私、フリー宣言したよ」と何気なく使った表現がよみがえり、すると上司に告げた「退職」という言葉より「フリー宣言」という表現の方へと、いつの間にか自分の心の色合い、模様が変わっていたようだ。翌朝、目を覚ますと思わず笑みがこぼれた。

こうして私はルビコン川の水面に、まず片足を入れたのだった。

栄える街へ一歩

　実は去年まで、退職したら一年くらいはのんびりして、すでに決めていた仕事以外はしないつもりだった。ところが学校の廊下で韓紙《ハンジ》工芸の先生に退職の挨拶をすると「知っている教室を紹介してあげる」と言われたのだ。仕事の斡旋である。

　突然のことに私は戸惑い、「秋か、来年からだと助かる」と返事をしてしまった。先生はこの学校で数少ない日本人のひとりであり、腕も教え方も、さらに礼儀までも素晴らしい。知り合ってからの七年、ちょうどいい距離でお付き合いしてきた。

　とはいえ、あまり本気で期待はしていなかった。すると一週間後、ＮＨＫ文化センターの講座担当者からメールがあり、面談にきて欲しいと言われ、驚いた。

　地下鉄で栄《さかえ》にゆく。名古屋の中心街だ。かつては「栄える町」と書いて栄町といったという。駅名も「栄」に変わったが、今もこの辺りを栄町《さかえまち》と呼ぶお年寄りは少なくない。その栄駅からすぐ、愛知芸術センターの隣がＮＨＫ名古屋放送局だった。午後二時の約束だったので二〇分のゆとりがある。暖かい風のなか、歩幅も普段より大きく伸ばして歩いた。面談場所の七階に着くまでの間、秋か来春には、この建物に軽やかに通う自分の姿を思い描き、順風満帆な船出の予感に心が躍った。

しかし講座担当者に挨拶し、先方の要望を聞いて二の足を踏んだ。なんとスタートはこの四月。「来年の春じゃないのか。まだ心の準備が……」と迷う私に「リー先生、月一回ならいかがですか？　テーマも、リー先生が好きな文学でも、歴史でもいいですよ」と強く勧められた。しばらく黙考はしたが「はい！　やります」と言ったのは「気ままにできます」という甘い説明より、担当者の手元にあった、ところどころ色ペンが引かれた三枚のプリントに目がとまったからだ。

実は、二〇一六年五月に愛知芸術センターで行われた「花開くコリア・アニメーション」という韓国アニメフェスに、私はメインゲストとして参加していた。私のトークの実績を探し出し、印刷までして読んでくれた担当者の苦労が、照れる反面、嬉しかったのだ。

帰り道、推薦してくださった先生に進行状況と感謝のメールを送った。
急いで考えねばならないことが山積みになった。古代から近世、近現代のガルークレッシー（girl crush・あらゆる分野での、とくに女性の尊敬や憧れの対象となる女性または現象）……。今、韓国で注目されているアイドルグループまで含めて「女性たちの生き方」をテーマに六回で講義をするとしたら、取り上げるのに、いったい誰が相応しいだろう。予定より早いが、ともあれ新しい仕事だ。煩わしい書類や会議からは解放される。自分にも、来てくれる受講生たちにも、面白くて有意義な学びになるよう、ゆっくり準備しよう。

家に着くと、急いで私は引き出しをあけ、二〇一六年の案内チラシを探し出した。トークゲストとして参加したアニメフェスの会場がよみがえり、懐かしさがさざ波のように私の気持ちを揺さぶった。

トークゲストの報酬

トークゲストの誘いを受けたのは、二〇一六年の四月だった。

　学校にシネマコリアのスタッフが現れた。少年がそのまま大人になったような印象の彼は「困ったことがありまして……。実はアニメ監督アン・ジェフンさんが、急な事情で来られないのです」と言った。

彼の説明では、今回の「花開くコリア・アニメーション」は東京、名古屋、大阪が連携して開くアニメフェスで、韓国の短編二五作と短編小説三つを、オムニバスの形で上映するもの。「アン監督の代わりに、リー先生が上映後のトークを担当してくださいませんか？」と言う。

私はあわてて「そんな大事な役割を、私がですか？　アニメって子育て中に『魔女の宅急便』と『もののけ姫』くらいしか見てないですし、ましてや韓国のアニメは、全然知らないです」と答えた。

「でも、小説の内容はご存知でしょう。一九二〇〜三〇年代の有名な短編を、韓国の教育放送局ＥＢＳとアン監督のスタジオ『鉛筆で瞑想』が共同企画した文学シリーズです。日本に広めるチャンスですよ」。

蒼白だった彼の顔色が、だんだん赤みを帯び、私をじっと見つめた。大きな目の真摯さに私はじわじわ説得され「それでは、監督と同じようにはできないけれど、出ます」と言ってしまった。

彼を安心させて送り出すと、私はすぐ学校の図書室に行き、忘れかけていた作品を探して机に置いた。国語の試験に出たり、正月特集ドラマや映画にもなり、確かに韓国では誰もが知っている庶民物語だ。とうとうアニメに進出か。

しばらくして、彼からイベントの詳細を案内するメールが来たので、返事がてらひとつの提案をした。それは、「三つの小説のうち『蕎麦《そば》の花の咲く頃』に素敵な風景描写の文章があります。観客の質問に答えた後、その文章を朗読し、皆さまと一緒にも読みたいです」。すぐに「はい」という返事がくるものと待っていたが、来なかった。私は「急な依頼に応じたメインゲストの提案で、なおかつ日曜日の仕事なのに……」とぶつぶつ不満が芽生え、やる気は薄れていった。

一週間が過ぎ、彼が再度、学校に来た。私の提案は通った。すでに内容の決まった進行に対しての変更案だったので、戸惑ったと言う。彼は当日配るプログラムに、朗読の文章と日本語訳、そしてカタカナを載せると言った。「自然体で、ゆっくり二回、そして聴衆と共に読む」というやり方が、一瞬でも来場者の特別な経験になることを願い、私はその文章を当日まで一日四、五回、恋文を読むように朗読した。

五月二九日の前々日あたりからは、まるで自分が一九三六年の真夜中、月明かりに咲き初《そ》めた蕎麦の花畑（平昌《ピョンチャン》郡蓬坪《ボンピョン》面）にいる気持ちになっていた。驢馬《ろば》を連れ、もの思いにふけって歩く主人公。その場面が会場のスクリーンに映し出され、聴衆と共に朗読に集中するなか、小説と映像に私の生身の声が重なり漂った。作中人物になり切った自分が、今も色褪《あ》せることなく心に浮かぶ。

嬉しくて寝られない一日となり、なにより彼に深く感謝した。多くの行事やイベントに参加し、難しい企画にも関わってきたが、この日、アジアのアニメファンたちの集いに参加できたことは、格別の喜びだった。

落ち着きをとり戻したある日、私は、会ってもいないアン監督のスタジオに、メールで代役を務めたことを報告し、翌年、学校の行事として彼を招待したい旨を伝えた。この思いが実り、翌二〇一七年秋の土曜日には、学校の公開講演会でアン監督推薦の作品を見て、監督の思いを間近で聞くことができた。終演後、監督は、最後まで残った観衆の似顔絵をひとりひとりに描いてくださった。

暮れる秋空を横目に、私は自分の中から「国籍」や「立場」などといった堅いものがふっと消え去るのを実感した。


今思えば、アニメフェスの代役として、私は充分な報酬をいただいた。職場ではなかなか褒めてもらえない中間管理職が、この日は四方八方から過分なお褒めと、いっぱいの笑顔をもらい、さらに監督とのツーショット写真は、私のFacebookのアイコンとして今も活躍している。

その後の私はというと、食として「蕎麦」に夢中になり、いつか芸術センターの同じ舞台で、代役としてではなく、私自身の物語を話す日を夢見るようになった。職場を離れ、と言っても有給休暇消化中の身ではあるが、早朝の散歩に胸が弾む日々を送っている。

練習とコンプレックス

私は今、退職前の有給休暇二カ月を享受している。安息期間として有難い。しかし春休み前にまだ、成人向けと中等部の授業が週一回ずつ残っている。三月には韓国の詩を詠む会の準備があり、送別会も何件か控えている。私の安息の月の形は「半月」のようだ。

それらすべての日程終了は三月二五日。カレンダーにメモを書き入れると、なんだか言葉にならないものが込み上げ、涙がこぼれそうにさえなった。……私は旅に出る決心をした。四月からの自分に出会うため、また今までの「名刺」とさよならをするために。

住み慣れた町をしばし離れ、三月二九日に福岡に立とう。そしてそのまま対馬へ。そこまで考えると、私の中の小さな自分が「それでいいのだ」と納得してくれた。

こうして気を取り直し、私は頼まれた「独立宣言文」朗読の練習に向き合った。

もともと私は内向的な性格だった。人前での発表など思いもよらず、する羽目になったとしたら、真っ赤になって下を向き、震えながら……だった。しかし中学二年の時、不思議なことが起きた。春の遠足を前に余興を決める学級会があり、仲のいい友人が手を挙げ「ソロで歌を歌いたい」と言ったのだ。また席のまわりの何人かが「ダンスをする」と言い出して、教室のあちこちから歓声が上がった。

私は急に面白くなくなった。勉強ができても、私には彼女のように注目される才能はないのだと、その場の雰囲気で思い知らされた気がした。ところが級長が最後に「司会役をしたい人はいますか?」と言うと周囲は静かになった。その時、「取り残されたくない、私だって注目されたい」という秘めた欲求が噴き出した。迷う思いに蓋をして手を挙げた。この時の自分を、今も愛おしく憶えている。

仲間や参加者が楽しめるような気の利いた言い回しをじっくり考え、自分の言葉で話す。余興が披露されたら、よかったところを正確に褒める。本番が完全に終わるまで、場の状況が変わる可能性も、常に念頭に置いておく。ごく当たり前のことだが、その時以来、小さな学習が私の心の引き出しに溜め込まれた。

春の遠足で「司会」の役割を無事にこなし、次はクラス委員長、生徒会活動など、なんでも私がやるとは言わないが、やる人がいない場合、心を込めてやってきた。私はそんな生徒になった。もちろん、その都度、いつも相当の緊張が全身に走るが……。

「吾らはここに、我が朝鮮が独立国であり朝鮮人が自由民である事を宣言する」という一節に始まり、難しい言葉が八分間も続く「独立宣言文」。その朗読を、私は二〇一一年から頼まれてきた。学校の支援団体が主催する式典で、総領事の大統領記念辞の代読よりも先に行われる重要なもので、その日のハイライトだと理解している。志願者があった年と、コロナ禍の年を除き、一〇回の朗読をしてきた。

今までの朗読は、概ね好評を博してきた。式典の帰り道には、若い人からの「鳥肌が立ちました」「演劇俳優ですか」「ボイストレーニングをされてますか」、年輩の方からの「前々から参加してますが、リー先生の『宣言文』、いつも本当に感動します」

といった声を耳に残し、満足と空腹感を連れて地下鉄・八事《やごと》駅に辿りつく。地上に出ると、家まで続く裸木のモミジバフウが出迎えてくれる。ソウルより遥かに遠い、北アメリカから来た三六本の街路樹は、見上げて歩く私を、腕を広げて「よくやった」と褒めてくれた。

二〇二三年の今年も、主催者から「退職されると聞いたけれど『宣言文』の朗読はお願いしたい」と言われ、私は「はい」と即答した。来る三月一日には、最後にして最高の朗読をして、会場も自身も感動できる記念日にしたいと思った。

否《いや》が応《おう》でも緊張は高まる。練習しなくちゃ！　ところが、大変なことになった。コロナの検査で陽性が出て、二月二一日からホテル隔離となってしまったのだ。

私は今、ホテルの一室にいる。

幸いにも、隔離先に宣言文の原稿を持参する元気は残っていた。ひとりの時間がゆっくり過ぎるなか、一九一九年三月一日に、ソウルで読み上げられた文章の「独立は人類共存、アジアと世界の平和に繋がる」という内容に改めて感銘を受ける。お陰で狭苦しい空間での五泊を、安静に過ごすことができそうだ。

「平和！」と、声に出して練習しながら、私はなにを学んできたか、と考える。目に見える形はない。けれど、少なくとも練習の間や式典で朗読している時には、「平和への祈りを込めよう。それは山びこのように反響となってかえってきてくれるだろう」。そう期待している。

「平和！」と言いながら隣人を妬むことはできないのだ。朗読練習を通じて、困っている友に、初めて会う旅人に、そっと手を差し伸べられるように、と自分に約束する。

水主《かこ》ヶ池《がいけ》より見上げる

教職員室の私の机は、さっぱりと片づいている。山積みの本も書類も文具も消え、ただマグカップがひとつ、ポツンとあるだけだ。席に着くと、まわりの先生たちの表情も一望できる。視界が開けすぎて落ち着かないが、マグカップに描かれた男の子が、私にウィンクをしてくれる。ほっとした気持ちになり「ありがとう、K先生！」と密かに呟く。

去年、二〇二二年の暮れ、日直の同僚教師が「リー先生宛てに小包みが届きました」と知らせてくれ、年明け、いそいそと学校に出向いた。

在日韓国人の訪問ドクター、K医師からだった。小包みにはマグカップと写真一枚が入っていた。マスクをしたまま横になったHさんと猫、そして看護スタッフが写っている。Hさんが天に召される前日のようすを、私に知らせてくださったのだ。

Hさんの家は名古屋市内の緑区にあったが、葬儀には行かなかった。家族葬だったということもあるが、しかしそれなら離れたところで見送ることはできただろう。なぜ行かなかったのか。上司に有休申請をして事情を説明することが、半休ではあっても気が進まなかったのだ。

休暇申請の理由を、要領よく、ひと言で説明するのが難しいと感じた。そして突然のことにあわてながらも、彼女との関係を独り占めしたい気持ちもあった。言葉に出せば、大事なものが軽々しく消えていく気もした。

何事もなかったようにその日を過ごした。ただ歩きながら自問した。「ほとんど弱音を吐かない人だった。いつも程よい距離もあった。その緊張感が見えない橋になり、彼女と私を今日まで繋いでいたのだろうか」。

そのHさんのことを書こうと思う。

初めて会ったのは三〇年前の一一月二六日、木曜日。昼過ぎの金浦《キンポ》空港のロビー。

颯爽とした姿だった。体調を崩して訪問介護を受けていたここ数年の彼女よりも、はっきりと思い出せる。本当に三〇年が経ったのか。ソウルで居場所を失い、漂流し始めた見知らぬ私に、自分の家に滞在するよう勧め、私が語学学校近くで安い部屋を見つけるまで、一カ月、居候させてくれたHさん。その後も心配してくれ、私は年賀状や電話で近況を報告し、会いにも行っていた。

コロナ禍に入ってからは訪ねるのを控えた。一昨年も、秋に義母《はは》（夫の母）を亡くして気持ちが落ち着かず、去年の春、二回目のワクチン接種のあと、やっと電話を入れて伺った。Hさんの家・H閣は、六〇年前に移築された合掌造りの料亭だった。Hさんは、広間の炉の奥、ポツンと置かれたベッドに横たわっていた。多くの客でにぎわった明るさがまだ漂い、うつらうつらしている彼女と猫からは、不思議と寂しさや不安は感じられなかった。

久しく会っていなかった私に、掛けてくださったHさんの声を思い出す。「N工務店がこの家の外観と中の構造を維持したまま、最小限に手を入れてくれることになったのよ。猫も引きとってくれるの。入口脇の桜の木も、そのままにすることで合意したし、もう覚悟はできている。会いに来てくれてありがとう」。

私は返す言葉が見つからず、ただ彼女の手を両手でさすり「また会いに来るから」と言った。そしてそばにいる猫にも「よろしく！　お母さんを守ってあげてね」と願いを込めて言った。

帰る間際、桜の木の前に立ってみた。周囲は一二、三年前の公園整備事業でがらりと様相を変え、鬱蒼とした松と笹竹の合間にきれいな水を湛《たた》えていた水主ヶ池は小さくなっていた。近くにJR南大高駅ができて便利にはなったが、家を出て池畔を過ぎ、踏切りを渡り、東海道線・大高駅へ向かうバスを待った朝の情景は、もうない。

後日、私が小さな花籠と菓子を持ってゆくと、彼女は私を看護師さんに紹介してくれた。「この子が、タカコだよ」。私は彼女に深く頭を下げ「ありがとうございます。くれぐれもよろしくお願いします」と挨拶した。まるで娘のように。

「病院の先生は明日、みえます」と言う看護師さんの言葉に続けてHさんは「K先生が週二回、来てくれるのよ。看護の方は毎朝来てくれるし、買い物や世話をしてくれる人もいる。猫もずっと一緒だし。大丈夫だよ」と、私を安心させた。

私が「K先生は、日本生まれの方ですか」と聞くと「そうよ、アメリカでさらに研究もされた方でね。ていねいな温かい先生、不安はないよ。私って韓国人と縁があるのね。あなたとも」。さらに合掌造りのこの家がどのように移築できたのか、H閣を始めた背景などを、休み休み説明してくれ、その内容が載った雑誌「民藝《みんげい》」一九六一年三月号を、初めて見せてくれた。以前に抜粋したものをもらったことはあったが、その古ぼけた雑誌が、彼女にとって宝だったのだと、しみじみ分かった。

眠そうになった彼女に「また来ます」と挨拶をし、外に出て、緑区の訪問ドクターを検索し、病院のホームページの医師紹介を読んだ。

二週間後にお見舞いに行った時、私はHさんに「私からドクターに、ご挨拶のメールを送ってもいいですか」と尋ねた。彼女は微笑みながら頷いた。

私は帰りの電車でさっそくK医師にメールを送った。Hさんとは、名古屋行きの飛行機で知り合って、その日から世話になったこと。現在も時々会いに行っていること。そして、行けない時もあるので、なにか急な時には私にも教えてほしい……。そう依頼した。

まもなく返事が来た。「彼女からリーさんのこと、聞いています」と。そして「必要なときには必ず連絡する」という内容だった。その後も何度か見舞いに行ったが、秋になってからは私の体調不良もあり、間遠くなった。「亡くなった」と連絡をくれた律儀なK医師。当時、這いずるように仕事場に通っていたとはいえ、離れたところで見送ることすらしなかった私……。

そうこうしているうちに職場では、私の退職が公然のこととなり、また役所からは在留カード更新の通知が届いた。

一二月下旬、月曜日の昼間で風はそれほど冷たくなかったが、空はうす暗かった。入国管理局で写真や書類を出し、一時間ほど待った。七年の滞在が認められ、とりあえず肩の荷が降りた。

帰りの電車や地下鉄の席は空いていたが立ったままでいた。体が軽い。両足はくすぐったくなった。

ふと、Hさんの笑顔が頭をよぎった。もしも彼女から私に頼みたいことがあるとしたら、ひょっとしてそれは、まわりの方への挨拶ではないか、と思った。彼女が「世話をしてくださった人たちに、私の代わりに『ありがとう』と伝えてくれる?」と言っている気がした。私は急いで家に戻った。
その足で以前暮らしていた八幡山の菓子舗に行き、K医師とスタッフの病院に菓子折りを送った。そして旅立った彼女の代わりに「感謝します。暮れに彼女の家に寄る予定です」とメールを送った。

行き先は水主ヶ池。彼女の家の窓から見た池だ。「カ・コ・ガ・イ・ケ」と一音ずつ声に出してみる。最初は読みづらく、覚えにくかった。気難しそうな名前は三〇年経った今も、まだスラスラとは出てこない。

年の瀬の一日、Hさんと何度も歩いた池畔の小道をひとりで歩く。それが別れの挨拶だと思った。
彼女の終の棲み家だった料亭・H閣と離れを見上げ、三〇年前の出会いに感謝し、彼女が平穏に旅立っていますように……、と祈る。ソウルから離れることに成功し、日本での暮らしを始めた日のことを思い出す。

小さな橋を渡り、彼女の最期の眠りの場となったあの広間へ思いを馳せつつ、薄紫を帯びた白菊を、夕焼けに染まる水面に投げた。

白があまり好きではなかった彼女に、「また寄ります、次は大好きな赤いバラと」と呟く。長野、東京、世界各地をめぐり、ついにH閣で旅を終えた彼女に、心からお疲れ様でした、と声に出して言い、南大高駅に向かった。


K医師からマグカップと共に送られてきた彼女の写真は、手帳に挟んだ。表紙をめくると左側のページに彼女が休んでいる。彼女との「約束」を忘れず、ほんの少しでも果たしたい、と思うからだ。

ソウルでのこと

日本に来る前のことは、あまり振り返りたくないが、彼女との「約束」について書くためには、記憶を遡《さかのぼ》るしかない。彼女とは、もちろんHさんのことだ。花粉症だの送別会の余韻だの、あれこれ口実を使いながら書かずにきてしまったが、書かないわけにはいかないことは、自分でもよく分かっている。

一九八六年、韓国で私大を卒業した私は、私立教員公採試験に合格し、ソウル市内の男子高校で念願の歴史教師になった。大学は、日本でいえば早稲田大学にイメージが近い「バンカラ」な校風で、その年に初めて行われた教員試験の競争率は高かった。私大の同じ学科から合格したのは女子二人、男子ひとりだけ。ほかの二人は大学院に進学し、私だけが教師の道に進んだ。

次第に教員生活に慣れた私は、夜間教育大学院にも通えることになり、心のゆとりもできた。しかし高校、特に職員室はまったく面白くなかった。長い軍事政権の影響がそこここに色濃く残っており、理不尽なことが容易く罷り通る時期だった。

例えば新学期になると、生徒の父母が納める寄附金の割り当てが、学年ごとに決められる。学年主任はクラス担任の教師に指示を出し、何月何日までに父母と個人面談をして、教育設備のためにいくらくらい協力してもらえるのか——と懐具合を探ることになる。かき集めたもののうち、ほんの一部が教材の購入や、校門から玄関までの道の造成、花壇の整備などに姿を変えるが、目に見えるのはほんのわずか。大半は指示した教頭の管理下、おそらくは理事会へ流れるのだという噂《うわさ》が、まことしやかに飛び交っていた。当時の教頭は、むしろ校長の上司に見え、校長は臨時に雇われたいわばお飾りだった。

教頭に抗《あらが》えない教師たちの鬱憤晴らしは、退勤後の居酒屋だった。酒席は場所を二、三カ所替え、遅くまで続いた。何人かの男性教師は帰宅前にわざわざ学校に戻り、樹木や校舎裏の壁に放尿までした。今の時代、教師は職種としてそれほど人気もないが、あの当時、ソウルオリンピックに盛り上がった頃の小市民にとっては、とりあえず安定していて、信用も尊敬もされた。上司からのプレッシャーさえうまくコントロールすれば、そして組織の矛盾や欺瞞に素知らぬ顔ができれば、定年まで歩きやすい道が保証されていたのだ。

しかし私たち教員がお酒に逃げたり、奇行・逸脱に走ったりしている間に、卒業生たちが先に動いた。彼らは、後輩である在校生たちの苦情を聞いていた。同窓会を通して教頭に、在学中に受けた行為について説明を求め、話を聞く面談会を要請した。それでも誠実に向き合わない教頭に怒りを覚えた彼らは「是正と謝罪事項」をまとめて要求書のビラを作り、下校時の在校生たちに配った。

一週間は教室も職員室もざわめき、達弁の教頭は沈黙し、校長の顔には喜色が漂った。まもなく教頭が理事会に呼ばれ、その後の月曜日の会議で教頭の職務辞退が伝えられた。

よかった！　と同窓会の行動に賛辞を送りながらも、私たちは恥ずかしかった。自分たちも行動を起こさなければ、と、主に若い教師が中心になって校内に「教師協議会」が成立した。過半数以上の参加があり、ここで話し合ったことが職員会議で提案されたので、以後、校長は一応常識から外れるようなことはしなくなった。教師たちの酒の回数や量は確実に減り、生徒側からの体罰の報告、苦情も聞こえてこなくなった。学内状況は概ねいい方向に向かったのだ。

社会も変わりつつあった。ソウルオリンピックを成功裏に終えた軍事政権は、世界から注目されて市民意識も以前より高まったので、露骨に市民を押さえることは控えた（かのように見えた）。ソウルの街は活気に溢れた。

あの時、私は特に地理や音楽の教師と親しかったので、彼らと一緒に地域の教師たちとの交流会に参加した。無視されてきた生徒たちの「学ぶ権利と尊厳」に対して改めて学び、また全国の改善事例など、情報を共有した。

深夜の帰り道、青い夜空を見上げると、キラキラと輝く星に高揚した気持ちがみなぎり、ふと自分の大学時代がよみがえった。

一九八〇年の「光州民主化運動」直後のこと、大学には民主化運動の波が押し寄せていて、キャンパスにも講義室にも私服刑事がウロウロしている、という暗くて笑えない時期だった。学内集会で前に立って軍事政権を批判すれば、警察に連行されて酷い目に遭ったりもした。

男子には別の試練があった。軍隊への徴集が日常的に起きたのだ。私は怒りを覚えたが、成績順でもらえる奨学金のために図書館通いとアルバイトに勤しむ日々だった。時々、心が痛むと「私はプロレタリアだ。私の親は北からの避難民なのだ。親孝行や自立が先だ」と自己弁解して過ごした。卒業式の日に「おめでとう!」と、友人たちと互いに声を掛け合っても、その場にいない同級生たちへの申し訳なさが、心に影を落とし、気分は晴れなかった。それは負い目だった。これが私の大学時代だった。

「時代」に対してはできるだけ「鈍感」を心がけ、素知らぬ顔で上手く社会に進出し、経済的な自立を得た私。職場では、いい仲間や生徒たちにも恵まれた。

青春とは、損得を考えず現実より理想を追う時期だと思っているが、私の場合は、やっと教師になってから、自分以外のことにも心を広げられるようになったのだ。見上げた星の瞬きに、失われた青春時代が、まさしく舞い戻って現れたかのような感覚を味わった。

しかし私に再来した「青春」は、その年（一九八九）の夏以降、大きく揺れ動くことになった。確かに軍事政権末期には、社会にホワイトカラー運動が広がり、教育改革を目指す運動も、一気に全国的な組織化が進んだ。しかし政府当局は、教員の動きに対して警戒を怠っていなかった。学校現場の管理職には「ハンギョレ新聞を読み、集会に参加する教師を注意深く観察すること」などの細かい指針が下達された。また大統領警護室に長年勤めている従兄《いとこ》（叔父の息子）から、私に何回か電話がかかってきた。

「教育運動に関わらない方がいいよ。二カ月のうちに解雇になるから」。さらに「今のうちに脱退してよ。あなたのせいで、私は昇進もできないんだよ」

そんな言葉を聞きながら、監視されている怖さと不愉快さを感じた。教育にもっと尊厳と自由を要求する——という目的の集会に参加するだけでクビになり、生徒たちと会えなくなる。そして給料ももらえなくなる。

高校と家の間にある漢江《ハンガン》大橋を歩きながら悩み、妥協して運動から退くことも考えた。奨学金をもらえない時、学費を惜しみなく援助してくれた姉の顔や、大学院の学費工面など、今後のことが頭に浮かび、複雑な心境の日が続いた。

一方で、思いもよらぬニュースもあった。高校一年生の時の国語教師が、全国を代表する教員組織の委員長になったのだ。高校卒業以来会ったことはなかったが、当時の私たちは最後の授業の始まる前に、いつも飲み過ぎのその先生に、胃腸薬とふけ取り薬をプレゼントした。私の提案だったので今もよく憶えている。

韓国では担任の先生に「一年間、お疲れ様でした」という意味で感謝の品を渡すのは当たり前のことだったが、担任でない先生にクラス全員から贈り物をするのは珍しいことだった。教卓に立った国語教師は照れて窓側に目をやりながら、その日も黙々と授業を進めていた。もともと「これが絶対正しいよ」と強い教え方はしない人だった。そんな控えめな性格の先生が、運動の委員長になったことに私は驚いた。ほかにも、既に詩人としても注目されていた教師をはじめ、多くの知識人が、教育運動への弾圧を激しく批判した。

「激動の波が押し寄せている、私たちに」。そう思った。しかし、いざ政府との対決局面になると、一部を除いてマスコミも政府側に傾きはじめた。紙面には「授業や担当事務を怠ける教師たちが自身の権益だけを要求していて、生徒に悪い影響を与える憂いがある」との記事が躍った。

ここまで書いて、急にお腹に刺しこむような痛みが走るのを感じた。

あの時期に戻ったような気分になる。そこで、しばらく思い出すのをやめていたが、一週間ぶりに座して考える。「あの頃は……」と。

あの頃は、教師の権利より、学生の学習権保護と教育環境の改善が最優先の課題だった。とくに、日常的に小、中学校、そして進学高校で横行していた寸志（賄賂）は、親たちが我が子への「えこひいき」を願って教師に渡すものだ。「寸志拒否宣言」

は、社会的にもいい反響を得ていた。運動として全国の学校に広がり、熱く盛り上がった。これに対し学校側は、教師に脅しとしての「解雇」をチラつかせ、学外での教育運動に関わらないよう指導を強めた。解雇とまでくると、いくら理不尽なことだとしても家庭や生活に関わる一大事だ。多くの教師たちはやむを得ず妥協の道を選んだ。

私の学校では、その時点で、私を入れて三人が妥協を拒否していた。私は普段より早く起きて、急いで出勤しては、遅くに帰った。

疲れて朝寝坊したある日曜、校長から父に電話があった。

「結婚している地理の先生には、奥様から『脱退しなければ離婚する』と言っていただき、収まりました。恋愛結婚予定の音楽の先生には、ご両親から『活動をやめれば結婚を認める』との助言をしていただき、効き目がありました。リー先生の場合は、お父様から『親子の縁を切る』と伝えていただけば問題解決になるでしょう」との内容だったらしい。長い電話だったようだ。父は校長に「娘が真摯に考えて決めた事なら、それを認めます」と短く言って切ったと、私に言ってくれた。二五歳の小娘の悩みや考えを、尊重してくれた父に、私はひたすら礼を言った。ただ父は「あなたが自分で考える、よりよい教育環境のために、軍部独裁政権の下で厳しい道を選ぶことは認める。しかし大学院での勉学は、続けると約束してほしい」と言った。また、「マスコミを利用して純粋な運動が歪曲されている。北のスパイと連携しているというデマも出始めている。厄介なことだ」と嘆いた。こうした圧力には慣れっこであったろう父の、はかりしれない気持ちが伝わって胸が痛かった。

結局、最終的に私の学校では私ひとりだけが、脱退しないで残った。私は教育に対する強い思いや姿勢があって志を貫いた、というよりも、誰よりも身が軽かっただけだった。裕福とは程遠いが、家族を養う義務のない独身だった。あまりにも自分のことばかりに気を取られた大学時代に対する負い目もあったので、「一度でも、またひとりでも、時代の痛みを正面から受け入れる」という選択をしたつもりだ。

やがて解雇通知書が届き、私は荷物整理や挨拶のために職場に行った。濃い紫色の半袖ブラウスに、真っ白い麻のズボンを履いた。身長一五八センチに対し、体重は四三キロまで減っていた。この数字を、今だに憶えているのが自分でも不思議だ。その日は、全国の解雇された教師一八〇〇人が「出勤闘争」という抗議の目的で出勤するはずだったが、私には別れの日となった。

大手マスコミは政府側の主張を一方的に流した。国内が分断されている状況に、光州民主化運動の時にも利用したマッカーシズム（赤狩り）を再び持ち出して、無垢な民意を煽った。学校現場は異常な雰囲気に包まれていて、教師たちも戸惑ったに違いない。

いつもと同じく八時二〇分頃に学校に着き、教職員室に入ると私の机と椅子が見当たらなかった。どこに立てばいいか左右に目を配りつつうろたえた。もうすぐ会議が始まる。沈黙が走った。

その時、思いもよらなかった人――誰ともあまり話をせず、関わろうとしなかった人が「リー先生！　ここに来てください。椅子、あります」と、動かない私の腕を引っ張り、自分の席に案内してくれた。会議が始まり、伝達事項が終わった後には、教務主任が「今からリー先生のお話を聞きます。お願いします」と、きちんと話す時間を与えてくれた。

　私は前日に書いたA４用紙一枚の文書のコピーを、全員に配ってもらった。震えを抑えながら立って「……私たちが苦しんでいた学内の不条理は、卒業生の行動のお蔭でほぼ解決できました。けれどもまだ、軍事政権の下に、全国の学校教育環境は厳しい状況が続いています。私は、解決のため力を合わせている全国の先生たちと同じ考えで、歩むつもりです」と述べた。終わりに「もう時間です。私の今日の授業は世界史と国史です。生徒たちに別れの挨拶をさせていただきます」とできるだけ淡々と言った。私学だし、教室で挨拶ぐらいはできるだろうと思ったのだ。

　席を辞し、職員室のドアに向かうと、学年主任と体育教師が飛んできて、左右から私の腕を捉えた。私は当惑しつつも力に抗えず、引きずられて玄関前を通り過ぎ、校長室に閉じ込められた。

　外では強く抗議する何人かの先生の声も聞こえたが、始業の鐘が鳴ると静かになった。午前中なのに真夜中のような錯覚と、嵐の荒野に独りで佇んでいるような気持ちが押し寄せてきた。窓ガラスから外の運動場は見えるのに、暗闇にいるような感覚だった。

私は、地下室に閉じ込められた子供のように泣き始めた。

机の花瓶《かびん》や文鎮《ぶんちん》を窓に投げて脱出しようかとも考えたが、破壊行為まではする気になれなかった。学校に不当に閉じ込められたことよりも、生徒たちに挨拶もできないことが辛かった。


私は、心が安まらない時、先輩から借りた石川達三の『人間の壁』の翻訳本をていねいに読み、勇気づけられたことを思い出した。女教師が時代と組織運動に悩みつつも、妥協せず、日の当たらない子供たちに思いを寄せる姿に感銘を受けたのだった。

ひとりでも大丈夫、私だけでも存在しよう。私まで降参してしまったら、学校にいる私たち、生徒たちは同時代の「今」を学ぶ機会がなくなるのだ。自分に何回も言い聞かせた。

そのはずなのに。解雇になることは想定内のはずなのに、何故なのか、閉じ込められた校長室で、涙が止まらない。泣きわめいた。

目が覚めたら病院の緊急搬送室にいた。どうやら泣き崩れたまま気を失ったらしい。私は点滴をうけながら、心配そうな顔、申し訳なさそうな顔の先生方に「校長室は相当暑かったので……。大丈夫。大丈夫です」と、なるべく明るい声で言った。

二人の記者が来たけれど、私の目は赤く、顔は膨らみ、痩せた姿が新聞に出たら、と思うと悲しむ親の顔が一番先に浮かんだ。私は記者に「撮らないでください！」と両手で顔をさえぎりながらも、同僚と一緒に校内の状況だけは説明した。

最後まで残ってくれた二人の先生を送り出してから、私は午後の陽射しを受け、とぼとぼ歩き出した。漢江橋を渡る前に、財布からクレジットカードを引き出して折った。「さようなら」と言って地面に埋めた。その時に流した涙が相当の量だったのか、その日以来、私は涙がほとんど出ない。

知らず知らずのうちに私の心は凍っていたと思う。そして甘いものもやめた。チョコやキャンディ類を。一時でも「甘いもの」を感じたくなかった。全国各地で「復職のための運動」が続いた。私は父との約束通り、大学院通いと授業料稼ぎのアルバイトのかたわら、政治集会――といっても、自分たち教員の復職を目的とした集会――に参加した。

一一月のある日、ソウルの真ん中にある明洞聖堂に各地で解雇された先生たちが集まり、全国大会が開かれた。多くの市民団体からも参加があり、教室に戻る熱意と不当解雇に対する怒りの叫びが地にも空にも広がった。

盛り上がりの中で私たちは、戦うことを誓い合ったが、もう解散、という段になって戦闘警察巡警《せんとうけいさつじゅんけい》（전경《チョンギョン》　二〇一三年に廃止された）が私たちを囲んだ。「集会示威《デモ》法違反」だと告げられ、何台もの大きな「戦警車」に、ほぼ全員が無理矢理乗せられた。大学時代には、いつも正門前から垣根越しに、ずらりと列をなす黒い戦闘警察車を見ていたが、近寄ることはなかった。遅れてやってきた「青春」の体験だった。

初めて乗ったその車から、うっすら曇るソウルの街を茫然と眺め、着いたところは龍山警察署だった。その日から二泊三日、参集者はソウルの全警察署に分けて拘束されたのだった。

政府側の主張をそのまま鵜飲みにしたマスコミは「北のスパイと繋がりのある、北に意識が傾いた教師たち」云々と、連日報道した。無断外泊したので、カンカンに怒る父を想像しつつ、恐る恐る帰宅した。父は、「テレビのニュースで分かった。スパイのことはでたらめだと思うが、世論は段々と厳しくなる。知っている通り、私は戦争の前に北から裸一貫で下りてきた。ここでやっていくために、誰よりも『反共』に声を上げてきた。今までのあなたの行為は尊重するが、集会に出るのはやめてほしい」と言った。

父は、同郷の人が訪ねてくると食事とお酒で歓待し、豆満江《トゥマンガン》に近い故郷・会寧《フェリョン》がどれだけ懐かしいか、そして他郷暮らしがどれだけ淋しいものなのか、そんな本音を故郷の方言で話していた。一九四五～五〇年の戦争の混乱期に北から下《くだ》ってきた人たちは、「越南した人」とか「避難民だ」とか「38タラジ（北緯三八度線の上から来た、どうしようもない人々）」と呼ばれ、「どこの骨かもわからない奴ら」と言われ、生計を立てるだけでも決死の覚悟が必要だった。

特に長い軍事政権下では、常に「反共主義を支持する姿勢を示す」など、気を使ってきた。実際、父は地域の反共連盟の委員であり、避難民たちの組織「以北5道庁」

の役員でもあった。もし「彼の娘はスパイの強い影響を受けている」などの噂が飛び交えば、一体どうなることか。そんな事態はどうしても避けたいだろう父の思いを理解し、家にいる時の私は「物わかりのいい娘」でいることを心がけた。

オリンピック、高度成長、民主化……。当時の韓国はいろいろな意味で国際的にも注目を浴びていたが、その世界で唯一の分断国家には、今だに「レッドコンプレックス」が蔓延していた。

しかし「アルバイトと大学院通いの私」と「復職運動に参加する私」、ケモノとトリの間でいい顔をするコウモリではないが、徐々に自分の立場が辛くなった。密室にいると広場のことが気になり、広場では密室の温もりがほしくなる。そんな欠乏感に悩まされ、いつしか微笑みやユーモアが、自分から消えるのがわかった。

ある日、久しぶりに図書館でゆっくりと過ごし、夜、帰り道の公衆電話ボックスから、唯一「しんどい」と本音を言える男の先輩に電話をかけた。

「夜空の星、見ながら帰るところです。借りた本を返したい」と私が言うと「あなたは気楽でいいねえ！　さっきのニュース、見てないのか。金永三が与党に合流して民自党が誕生だよ」。嘆きと怒りに満ちた声だった。「今、母と焼酎を飲んでるんだ。明日から闘いも激しくなる……」と、かなり酒気が回っているようで、私に話しているというより、独り言のようになってきた。返す言葉がなかった。

「ごめんなさい！　そろそろバスに乗ります」。そう言い残して電話を切った。帰宅し、午後一一時のニュースで彼の言葉が確認できた。アナウンサーの言葉は「野党・民主党の金永三《キムヨンサム》が次期政権を取るために、保守与党と手を結びました」。一九九〇年一月二二日のこと。民自党という巨大与党が、怪物のように現れたのだ。

私は政治状況の行方も気になったが、それよりも、先輩が電話の向こうで言い放った「気楽でいいねえ！」の言葉に、胸を刺されたままでいた。知らぬふりはしていても「私だって全然、気楽でなんかない」と叫びたかった。

告白したかった恋心も、民自党誕生のせいでしぼんでしまった。正確には「先輩のことが好きです」と告白する以前に、私自身が拒まれたのだ。先輩には、私などよりも同志（行動を共にする仲間）が要る。復職運動に対する姿勢が私の場合、ぬるま湯の状態に留まっていた。私は同志ではなかった。

問題は、私が熱くなる方向にも冷める方向にも歩みたくないことだった。なかなか寝られない夜となった。


次第に復職運動から遠のいて、父に約束した修士論文をなんとか書き終えた私に、次はお見合いが待っていた。

当時の私の立場では、これはいわば「義務」だった。そこで私は「一年間の語学研修を」と、強く言い張った。学びは口実で、「一日でも早くソウルを離れたい。知らない街で何もせず、何も考えず、浮遊するように過ごしたい」というのが本心だった。両親は、激しさをますます社会の混沌と対立から娘を隔離したい、と思ったためか、認めてくれた。

少し、ほっとした。これで親族が集まるたびに「親孝行どころか、お荷物になって」「おとなしくしていれば、今頃は結婚もできていたはずなのに」などなど、言いたい放題に晒《さら》される場にいなくて済むのだ。

その間に、学校に残ることになった教師、特に親しかった二人の先生も、辞めて外国に行った（アメリカ暮らしの元地理の先生とは、二〇一九年に、大阪で二八年ぶりに再会できた。当時、希望を見出《い》だせずに移民を選び、いくつかの職業を経て、牧師をされていた）。

留学も研修も、本来は具体的な目標があって計画的に準備するが、私の場合はひたすら「ソウルを懐かしく思うようになるまで、離れたい」が目標だったから、行き先はどこでもいい。そこでアメリカと日本に申請を出した。ただ、国の発行する経歴証明書の「解雇された」の一文が気になった。これでは留学さえ難しいのでは……と、また心配になった。しかし一九九二年一〇月半ば、日本のビザが先におりたとの連絡が（私設）留学院からきた。行き先は名古屋だ。大学時代の知り合いがいる東京、京都、大阪は避けた。名古屋は都会ではあるものの、ソウルではあまり知られていない場所だった。

俄《にわ》かに日本語塾に通いつつ、身辺整理をした。友達や教え子たちに連絡し、会っては本やレコードを渡した。

「一年後には戻るのに、どうして」と聞かれたが、答えず生ビールをあおった。

「戻ることはない、見知らぬ場所で飢え死にすることになっても」。いつしか自分にそう言い聞かせていた。翌朝、胃からレモン臭の汁がのぼってきた。

一九九二年、「円」は私にとって相当高かったが、家族や友達からの餞別と僅かに残った貯金で片道の航空チケットと、三カ月分の最小限の生活費を準備した。旅立ちだ。

捨てる神あれば拾う神あり

出発の朝、アルバイトでタクシーの運転手をしている卒業生のPが、自宅の前で待っていた。彼は「先生を守れなかったのですから、せめて送り出すことだけはさせてください」と、殊勝なことを言った。その前には、私の復職を要求する新聞広告を、卒業生一同がカンパで出してくれていた。そのことへのお礼もPに告げながら「もう二度とここに戻りたくない」とは、やはり言えなかった。

金浦空港に向かって漢江あたりを走る彼の声は太く、また低く、そして優しくて、私はいつしか眠りに落ちた。

Pの配慮で空港へ無事に着いた。一一月二六日木曜日の一一時頃、空港は閑散としていた。出国手続きを手早く終え、私は早めに搭乗ゲートに向かった。免税店など見向きもせず足早に歩き、なるべく搭乗案内デスクに近い椅子に座った。

その時になって初めて異国の地でやっていけるか、と不安になったが、困ったら父に聞いた言葉を言えばなんとかなる、そう自分に聞かせた。

「ありがとうございます」「ごめんなさい」「失礼します」「すみません」「助けてください！」。

これらを声に出さずに何度も呟き、心に刻みつつ行き交う人らを眺めていた。

その時、サングラスをかけた背の高い女性がゆっくり歩いてきて、私の隣に座った。最初はだまっていたと思う。数分も経たないうちに「どうしよう」という声がした。彼女の方を見ると「忘れ物がある」と慌てている。私は、彼女の二つのカバンを指し「私が見ています」と言った。私に礼を言い、急いでその何かを探しにいく彼女はサングラスを外していた。目鼻立ちがハッキリして彫りも深かった。どこかヨーロッパの国の雰囲気が漂う印象だった。

まもなく戻ってきて「ありがとう！　見つかりました」と、彼女は言った。ハスキーな声だった。私のたどたどしい日本語に配慮して英単語を混じえたり、メモ用紙を出して漢字を書いたりして会話を続けてくれた。外国人との意思疎通に慣れていて、マナーも心得ている。まるですぐそばに円熟の美人女優がいて、その人と話しているような、そんなトキメキの時間だった。

私は彼女の質問に「歴史教師だったが、日本語を学びに名古屋へゆく。泊まるところはまだ決まってない。語学学校の近くのホテルに泊ってから紹介してもらえるはず」と「歴史教師」は単語を漢字で書いて説明した。

搭乗アナウンスが流れ、私たちは機内に移動した。彼女はエコノミークラスの三列目に座り、私の席は、その四列後ろだったと記憶している。

その日の機内は空席が目立ち、私の席から前には三、四人しか見えなかった。飛行機が離陸し、ふわりと上昇を始めると、それまで自分に向かって押し寄せる社会の波の中で抱いていた「捨てられた」という気持ちが「時代、社会、人々を、自分から捨てるのだ」と割り切って考える、もうひとりの自分が見えた。

シートベルトを外してもバランスが取れる時分だったと思う。彼女が後ろに目を向けた。私を探していると思い込み、彼女の方へ行って隣の席に座った。話に花が咲き、彼女は自分の家や庭、猫、犬が写った写真を見せてくれた。名前も教えてくれた。私はすぐさま「素敵！　素敵！」と言った。

彼女はHといった。Hさんは、「そう？　なら、うちに泊まってもいいのよ」とあっさり言った。私は「本当ですか、ありがとうございます」と即座に返した。なぜなら「違う、口が滑ったの。ごめんなさい」と前言を取り消されるのが心配だったからで、先にお礼を言うことで自分の希望を伝えたのだった。

その時の私にあった選択肢は、安いホテルに泊まりながら部屋を探すか、学校の紹介を待ってルームシェアをするかだったが、どちらも費用がかかることだ。後に学んだ言葉だが「捨てる神あれば拾う神あり」の瞬間だった。彼女の家に滞在できるなら……と、大喜びしながらも、一抹の不安が脳裏をよぎった。

つい一週間前に受けた「海外渡航する際の注意事項」についての義務研修（現在、

その研修はない。翌年に廃止されたと聞いた）では、海外で親切にしてくれる人に気を付けること。理由は、国籍に関係なく北との繋がりを持つ人の可能性があり、知らないうちに拉致されることもあり得る、とされていた。「まさか、あり得ない、でも、もしかして……」と心のうちで繰り返し呟きながら、どうするべきか、はっきり決められずにいた。

名古屋に着陸し、入国手続き、手荷物受け取り所、と移動して、大きな黒いキャリーをレーンから拾った。ゆっくりゲートを出ると、先に出ていたHさんが「ここよ」と呼んだ。そのそばには、黒い服に真っ黒いサングラスをかけた小柄な男が立っていた。

「あれをお願い」とHさんが短く言うと、男は道路に駐《と》めてあったシルバーの車のトランクを開け、私の重い荷物を入れた。その間、私は「私にもまだ聞きたいことがある」のひと言を、口に出せずにいた。

この車に閉じ込められる、これでおしまいだ、どうしよう、という思いが膨らんできて口がきけなかった。四時半すぎなのに曇っていたこともあって「暗い夜」が始まったかのようだった。投げやりか一種の賭けかは分からないが、「だからなんだ。もう失うものは何もない」という心境が不安を押しのけ、私はとうとう車に乗ってしまった。

最初は三〇分あまりをひたすら走り、あとの一〇分はゆっくり走った気がする。住宅が見えたり駅が見えたりしたが、踏切りを渡ると左側に池、黒くて大きな三角屋根の家が見えた。映画の始まりを連想させるような佇まいだった。

車を降りた私は、空港で見た写真どおりの家の前に立っていた。そこから小さな横道を歩いて別の建物の一階にある居間に案内された。Hさんは、すぐさま猫と犬たちに囲まれた。運転していた男は、そこでお茶を飲んでいたおじいさんとおばさんに「留学生で……」と、後は聞き取れない言葉で紹介してくれ、私は「どうぞ、よろしくお願いいたします」と名前をゆっくり言った。

おばさんはお手伝いさんと思われ、夕飯を準備するその横で、Hさんが「パスポートをコピーしていいですか」と聞いてきたので、素直に渡した。

続いてHさんはソウルへ電話しようと言い、父に繋がると私に受話器を渡してくれた。「名古屋に無事に着いた。心配しないで」と話しているとHさんが「挨拶と電話番号を伝えるから代わって」と言った。

日本語で会話が続き、再び私に受話器が返された。父は「海外暮らしの経験がある方だね、電話番号はメモした。滞在中、怠けずお手伝いをするように」と言った。私が驚いたのは、父が電話で、あれほど細かい話を日本語で話したことだった。初めて見た父の一面で、あらためて「父も日帝時代に生きた人だな」と思った。

いよいよ食卓につき、とりあえずビールで乾杯した。勧められたおかずをたっぷり食べたが、なかなか食べられなかったのは桜肉（馬肉）だった。「リーさん、新鮮で美味しいお肉よ」と何度も言われたが「韓国は、魚より主に肉文化ですが、桜肉は済州道でしか馴染みがなく、ソウルでは滅多に食べない」と上手く説明できず、もどかしかった。今もそうだが相手の気持ちを害さず、ていねいに断るのは難しい。

夕食も終わり「バスがあるうちに帰る」と、おじいさんが帰った。Hさんは、「彼はうちの店、H閣で、駅までお客様の送迎や細々《こまごま》としたことをやってくださる方。私より長いのよ」と言い、また「うちの店」H閣やその従業員たちのことも話してくれた。Hさん自身は、東京の大学でピアノを学び、卒業旅行にヨーロッパへ行ったまま長らく日本に戻らなかったことや、里帰り中にたまたま挨拶しに寄ったところで、そのまま叔母と共に店をやることになった、と説明した。

お手伝いのAさんが後片付けを始め「私も」と席を立とうとしたら「今日はお客様よ。明日からよろしく」と言われた。Aさんは、ほぼ毎日通っているらしく、家族のように親しく見えた。

そのあと通された部屋は、一階の六畳間だった。翌朝、窓を開けると、薄く靄《もや》のかかった池と紅葉した木々が見えてうっとりした。ここに居られることにひと安心し「おはようございます」と居間の扉を開け、大きな声で挨拶した。Hさんは「住み込みの料理人はいても、朝だけは私が用意するの。簡単に食べてから、大高駅まで車で送るからね」と言ってくれた。まるで「外国に住む叔母」の家にいるような気持ちだった。

Hさんは運転席に座ると、「あなたの名前・孝心《ヒョシム》から一文字『孝』をもらって、タカコと呼んでいいかしら」と言った。確かに私の名前は呼びづらいかもしれない。でも私の耳に「タカコ」は、まるで別人の名前だった。それでも「はい」と頷き、大高駅から名古屋駅に向かうJRに乗った。

人混みに揉まれて地下鉄に乗り換え、丸の内駅近くの語学学校に無事、到着した。職員からの長い説明をうわべだけ聞き、学校の周囲を歩き回った。帰りは、駅まで迎えに来てくれたHさんの車に乗る。「名古屋駅でJRに乗る時に電話をくれれば、大高駅まで迎えに行きます。慣れるまでね」とまで言われた。至れり尽くせりだ。

カーステレオからペティ・キム（韓国の歌手）の曲が流れていた。驚く私に「西洋のものも聴くけど、韓国の歌も好きなのよ。ソウルにはお見舞いの用もあって行ったの。タカコに会えたし、いい旅でしたよ」と言う。家に着くとHさんは、「今日からは二階の部屋を使ってね。広いし、見晴らしもいい。机もあるし。そうそう、歴史に興味あるんでしょう？『桶狭間《おけはざま》の戦い』の時、血が、うちの池まで流れてきたという謂《いわ》れもあるのよ」と説明してくれた。

桶狭間の戦いのことは初めて聞いた。昨夜寝た部屋に戻って荷物の中から手帳を出し、「오케하자마《おけはざま》」と書き留め、窓を開けて池を眺めた。午後の早い時間だというのに池畔の紅葉が水面に赤く映り、さっきの流血の話を引きずったためか、不気味に見えた。

来日したばかりの時分には、相手の言葉についていくだけで必死だ。いつのことかなどと質問するゆとりはなく、そのためよけいな心配をした（織田信長の時代のことだと知ったのは、後のことだ）。

二階は長らく使われていないようで、踊り場には猫の毛、窓際には溜まった埃や虫の死骸が目についた。しかし難民のような立場の私には、ベッドも箪笥《たんす》も洗面台もあり、申し分ない空間だった。

池の見える窓を開け、掃除機と雑巾で掃除をしていると、Hさんが上がってきて新しいシーツとタオルを渡してくれた。「ラジオもあるからね。ここは北も南も電波が届くの。何でも聞けるのよ」と教えてくれた。その言葉に私は、冷や水を浴びせられたように身が竦《すく》んだが、顔には出さず「宿題も多いし、今は大丈夫です」と答えた。

けれどその夜、Hさんの言葉が気になって落ち着かなかった。私はまだ彼女を疑っていた。もしかして北と接点がある人だろうか。多くの厚意を受けてから正体が分かったら、私はどうしたらいいのだろう。もし明日、目が覚めて北のどこともしれない部屋にいたら……。一方、もし彼女が北のスパイだったとしても、どうせ私に帰るところはない。諸々の思いのうちに夜はふけた。

朝、目が覚めるとそこは同じ部屋だった。今思うと笑い話だが、あの時は反共主義と分断意識が、私の中にも根強く残っていた。

「裏のお庭にある自転車、使っていいのよ」と言われ、小学六年生以来乗っていなかった自転車にまたがり、大高駅まで行って帰る。

H閣の開店は午後五時で、来るのは予約客のみ。コース料理の準備は昼食後に始まる。厨房にはチーフとお手伝いのAさんが詰め、炭の扱いはおじいさんが手伝った。Hさんは女将《おかみ》として客を出迎え、遅い夕飯の前には、チーフと売上や注文品のことを話し合っていた。私は「食器洗いでもしたい」と申し出たが「ありがとう。人手が足りない時にお願いするわ。扱いにくいものもあるし」と許可をくれなかった。諦めずに「でも、拭《ふ》くことはしたいです」と言い、ほんの少しは働かせてもらうことができた。

予約が多い時には、料理運びや後片づけのアルバイトの人たちも加わり、大きな厨房は活気に溢れた。ある日のこと、学校から帰ると、猫の手も借りたいほど忙しい、とAさんが悲鳴をあげていた。「トヨタ自動車と韓国の現代《ヒヨンデ》自動車との懇親会なの。大事な日なんですよ」。私はHさんに「襖《ふすま》の外までなら運んでいいですか」と聞いたが「大丈夫、バイトの人も来てるし、いつも通り、拭くのをお願いね」ときっぱりと断られた。

その時は少し寂しい思いもあったが、後になってこれがHさんの気遣いだと思うようになった。普通なら外国からのお客に対し、同国人の私を紹介して場を大いに盛り上げるのだろうが、彼女は、そういうことをしなかった。

一方で私は、居間でニュースを見たり日本語の勉強をする合間に電話番をして、「タカコ、お願い」の声を待っていたが、結局、仕事はないまま九時半を回って夕食時間になった。その日の献立はすき焼きだった。初めて食べるすき焼きはこの上なく美味しかった。

みなもご機嫌だった。とくに初対面の空港では黒服にサングラスという厳《いかめ》しい出立《いでたち》だったチーフの笑顔は初めてで、その時、彼の故郷が九州だと知った。以後、私の緊張は解けた。Hさんは「タカコ！　現代の方たちに、ソウルから来て、うちでホームステイしている留学生がいると話したよ」と言った。Hさんの英語とスペイン語は流暢だったし、店の常連たちは、外国のお客さんを日本料理でもてなすのにピッタリの場所として、ここを利用しているのだとも分かった。

その日の夜から、「朝起きたら知らない場所に……」という心配はなくなった。私はぐっすり眠れるようになった。

ところで語学学校には、日本の大学に入るために来日した韓国や中国の人が多くいた。私のような社会人留学生は数人だけだ。ランチの時、彼らは「勉強しながら仕事探しをしている」と自己紹介し、私のことも根掘り葉掘り聞きたがった。私は彼らに「まだ分からないけど、歴史のことを、学ぶかも……」とお茶を濁した。

そうしたら「国立大学の大学院コースとかいろいろ奨学金制度もあるのに、何でわざわざ語学学校に来たのです?」と、突き詰められてしまった。困って「急にソウルが嫌になり……」とまでは答えた。

授業が終わり、名古屋駅に向かって歩いていると、社会人留学生のMさんに呼びとめられた。彼女は五、六歳上で、ソウルで高校卒業後にしばらく働いたが昇進できず、まず日本語を学んでから大学進学を目指している、という女性だった。

そのMさんの勧めで、伏見の「名古屋国際センター」に寄ってみた。ここは地域の国際交流の拠点で、外国人向けの新聞や本を読める空間もあった。こぢんまりした静かな部屋で、作文の宿題をした。「ある」と「ない」の例文作りで、私は真っ先に「私には明日がない」と書き、「時間はある」とも書いた。

帰り道、Mさんのアパートに寄る。学校に近く、部屋が二つあった。「部屋はシェアできる」と言われ、また「シェアできたら家賃が助かる」とも言われた。

Mさんのアパートを出てJRに乗り、うつらうつらした。車内アナウンスに目を覚ますと、前の席に江戸時代の大きな侍《さむらい》が三人座っていて、異様な存在感に圧倒された。

……いや、それはテレビで見たお相撲さんだった。後で分かったが、彼らは寺参りの途中だったようだ。

眠気がさめ、間違った電車に乗ってしまった、と気づいた。どうも海の方へゆくようだ。慌てて乗務員に「違うものに乗りました、戻るのにお金、かかりますか」と聞き「大丈夫です」という言葉にほっとする。

次の駅で電車を降り、反対方面のホームから名古屋駅に戻った。

一二月の午後五時半という時間、あたりはすでに暗かった。バスを待つ時間が長くなるのが気になり、電話するのも忘れた。というより遠慮した。電話に出るのはHさんではなく、たいてい、おじいさんかAさんなので、申し訳ない気持ちもあった。

停留所から踏み切りを渡り、池のまわりを走るように抜け、脇門から居間に入ったが、草むらや木の茂みからなにか出てきそうで、背中に緊張が走った。

息切れして戻った私に、Aさんが「電話もなかったから、女将さんは心配していたのよ。それにきょうは血圧が高くて、客間にも顔は出さないと言ってたわ」と、やや冷たい声で教えてくれた。その声に私は非難めいたものを感じた。「きょうは、Hさんに声をかけてはいけない」という意味にも聞こえた。
　しかし居間を出た私は、二階の自分の部屋に上がる前に、奥へ進んでみた。彼女の部屋の前に立つと猫たちと戯れる声が聞こえた。「こんばんは！　タカコです」と声をかけると「お入り」と言ってくれた。「調子が悪いと聞きました。今はいかがですか」「ありがとう、大丈夫よ」と、いつもと変わらぬハスキーな声だが、張りはなく疲れた口調だった。

　薄暗い部屋でコーヒーをいただき、身の上話を聞いた。亡くなったご主人はスペイン人の外交官で、ヨーロッパでの暮らしは毎日がパーティーだったこと。出会ったきっかけは、彼女の兄やその仲間が主催した会で、ピアノ演奏をした時に声をかけられたこと。ご主人は七〇年代、出張帰りにベイルートで飛行機事故の犠牲になったことなどで「外国での暮らしは贅沢過ぎたわね。華麗な日々は終わったのよ」と寂しげに笑った。私に分かりやすい言葉を選びつつ、胸の内を明かしてくれたことが嬉しかった。「まだまだ大丈夫です。今のＨさんも素晴らしいです」と言った。

おそらく六〇代に入り、人生の秋が始まる孤独感など諸々が襲ってきた時期だったのだろう。私の日本語がもっと流暢だったなら、より深い話ができただろうか。

私も今、同じ「秋」の階段を降りようという地点に立ってみて思うことは、昔の自分がいかにも「頼りなかったな」というひと言に尽きる。

ある日、語学学校で進路指導の先生に「リーさん、来年四月から大学院に入る試験、受けますか」と聞かれた。

私が「いえ、大学院に入る前の研究生コースを調べています」と答えると「そう。では作文の先生に伝えておきますね」と言われた。

作文の先生は日本史専攻だったようで、高校の教科書を一冊くださった。そのあずき色の本を、週一回、読んで質問するのが授業だ。平仮名はほとんどない。小さな活字の漢字だらけの文章だ。正確に発音するのは難しかった。

しかし授業の後、一対一でていねいに指導してくださる先生に、研究にはまったく意欲が湧かず、ただソウルに戻りたくない気持ちとビザのために、もっとも安い方法を選んだのだ、などと、投げやりに近い私の本音を伝えることはできない。

しかし週末は暇だった。私を呼び出す電話はなく、皿ふきと庭掃除さえ終えれば時間はある。『高校日本史』をゆっくり書き写して理解した。作文の先生は二回目の授業が終わると、「冬休み前に、名大《めいだい》（名古屋大学）の日本史の先生を訪ねてみてはどうですか」と勧めてくれた。


授業の後、地下鉄に乗り、本山駅からは歩いて名大に行った。初めて使う路線だった。なんの特徴もなく味気ない建物が並び（今は変貌している）、一見、小学校のようにも見えるキャンパス。緑の丘を低く切り拓き、眠気を誘う雰囲気で、ソウルの大学との違いに驚いた。しかし「大いなる田舎」と呼ばれるらしい名古屋に相応しい佇まいだ。ここなら静かに、影のように通うのにピッタリかも、と思った。特に文学部の玄関は暗い。廊下も薄暗く、よそ者の私も気兼ねなく歩き回ることができた。

日本史の研究室を探し、掲示板の前で案内文を見ていると「なにか探していますか」と声がした。私はハッとして、咄嗟に「こんにちは。研究生のことを……」と小さな声で言いかけると、その人は「こちらにどうぞ」と案内してくださった。

ただたどしい私の話を聞き「毎週木曜日、この時間は空いています。近世史の内容なら質問しに来てもいいですよ」と、ゆっくりした口調で言った。誠意のこもった声だった。私は「近代史じゃなくて近世か……。漢字だらけかも」と思いながらも、親切に説明してくださる老紳士に「時間稼ぎとビザ申請のための滞在ですから」なんて生ぬるいことは、もちろん言えなかった。

私は「はい、よろしくお願い致します。来週伺います」と言ってその部屋を出た。風で川面に落ちた葉っぱのような、流れに任せる気持ちだった。

帰り道、部屋をシェアしたいと誘ってくれたMさんのアパートに自然に足が向いた。「春に研究生になれるから」とシェアに向けた話をした。

考えてみれば大高のHさんの家は、車ならそれほど遠くはないが、バスなら大高駅から名駅に行き、地下鉄で本山駅へ、さらに名大まで歩くのだ、と思うと気が遠くなる。

またアルバイトや図書館での勉強で遅く戻ることになれば、手伝いの方たちに対しても、申し訳ない気持ちになる。すでに図々しく居候しているような、そんな空気がないわけではなかった。

広い庭にいつの間にかたむろする野良猫をHさんは歓迎し、ペット同様に餌をやっていたが、夜中や朝方に鳴き叫び、喧嘩もして、私の神経は高ぶった。韓国でも近年は猫好きが増えたが、当時は犬が主流で猫を飼う人は極めて少なく、さらに私はアレルギー持ちで動物は苦手だった。ただHさんは「我が子」として何匹も飼い、本人より猫たちのおしゃれにお金を注いでいた。

居候という立場の私は、猫が苦手だとは一度も言わなかったし、猫たちも分かっているのか居間でも廊下でも私には寄ってこなかった。だが猫たちの「活躍」には、実は内心泣きたかった。庭の掃除も気が重くなり、これはそろそろ巣立ちの時期が来たというシグナルなのか、と思った。

私は心を決めた。夕飯の後、Hさんに「大学院に入るため、学校近くの知り合いのアパートをシェアして暮らすことにします」と告げた。そして今まで、一番困った時に寄留させてくれた恩について、お礼を述べた。

引っ越しはクリスマスの前日だった。

Mさんが頼んでくれたドライバーが、荷物を運びに来た。男性は、店長の仕事をしつつ学校に通っているという。助けてもらうことばかりで、ただ恐縮する。

前夜は送別会でご馳走をいただいた。なんの料理かは忘れたが、デザートに出た庭の柿で作ったゼリーだけは憶えている。チーフが腕によりをかけた逸品で、今も柿を食べる時には思わず笑みが漏れる。

私はドライバーの彼を庭に待たせ、Hさんの部屋に行った。思いをしたためた手紙を渡した。

「時々遊びに来てね。それから大学院に受かるように」と激励の言葉と白い封筒をもらった。その時、Aさんがビニール袋に入った布団一式を運んできた。「女将さんは本当に凄い。タカコさんに持たせるからって、一番いいのを選んできたよ」という。

私は目頭が熱くなった。私はHさんの、あまりにも有難いプレゼントに「ありがとうございます！」と言ってから、思わず続けて「お母さん」という言葉を発した。日本語としての「お母さん」は基本単語だったが、初めて生きた言葉として口から飛び出したのだった。

「滞在のことや今日のことも、どうしたら……。もらうばかりで……」

それ以上言葉が出ない私に、「お母さん」は「いつかタカコも、誰か、旅人にそうすればいいのよ。私じゃなくて」と言った。私は「約束する」と涙を堪えて言った。

「御恩は、いつか、誰か旅人に返します」。

庭で別れる時もHさんは「いつでも戻ってくる家があると思ってね」と、私をさらに安心させようとした。

Mさんのアパートに着き、新しい部屋で封筒を開けると三万円が入っていた。部屋代と食事代として、私がMさんに毎月に渡す額だ。公衆電話を探し、感謝の言葉を伝え、正月に挨拶にゆくと言った。その時、私に言える言葉はそれだけだった。

「約束」を、私は忘れていない。そして、まだ終わったとも思っていない。今、私が嬉しく感じているのは、「約束」を少しずつでも果たしていける日々が、始まったということだ。

第2章　早朝、気ままに歩く

終日、鴨川を行く

現在に、話を戻そう。

昨日、出張で東京から来た後輩に会った。四年前の二〇一九年にも仕事がてら名古屋に来たことがあり、私たちは駅裏の立ち飲み屋に入った。

彼は東京で韓国関連の仕事をしている。コロナ禍が落ち着いた近頃は、相当忙しくなっているはずで、遠慮するべきかとも思ったが「場所は予約済み」との連絡が、カカオトーク（SNS）に素早く届いたのだ。

「昼酒は、自分の親のことも分からなくさせる」と、韓国では昔から言われている。土曜の昼、私はそれまでの自分との約束事を破り、駅ビルの一三階で生ビール一杯と梅酒一杯を飲み、解放感も満喫した。

今までの勤め先では、土曜日が一番大事な日だった。私は一四年間、手帳やカレンダーの「土曜日」に、個人の日程はほぼ入れなかった。今、その土曜を楽しむ自分がいる。ただ、料理を前にしてふと会話が途切れるような時、教室や廊下を忙しく飛び回る教師らの姿が、意識の表に前触れもなく現れることがある。そのたびに「これからの私の役割は、離れた所から静かに、心から応援することだ」と自分に言い聞かせた。

互いの近況報告が進み、私が京都に行ったと聞いた彼が「次の京都旅行では、ぜひ、ここを」と教えてくれたのがウトロ平和祈念館[※1]だ。私は「ありがとう、今度、高麗美術館[※2]へゆく時に寄ってみる」と言いながら「しまった」と思った。

※1 京都飛行場建設のため戦時期に置かれたウトロ地区で、在日韓国人の歴史と人権を守り、平和を願い、記憶するための施設。ウトロ村は、普遍的な価値に共鳴した在日韓国人と日本の市民、韓国社会の働きかけによって守られている。

※2 在日韓国人の鄭詔文氏が収集物を京都の自宅を改造して納め、一九八八年、祖国の統一を期待して「高麗美術館」と名づけられた。「南も北も私の祖国で故郷。分断された国には戻りたくない」と生前、ＮＨＫの番組でお話されていた。

急に決まった旅で、具体的な日程を組まず、ゆっくり過ごすことだけを考えていた。しかしウトロ平和祈念館は、宇治駅からそう遠くない。時間はあった。平等院にも行き、宇治川周辺も半日歩いた。少し調べれば、立ち寄れる範囲内だったのだ。「しまった、せっかくの機会をもっと有効に使うべきだった」という後悔の念が残った。

それが三月の京都旅行だ。

その日は名駅から四時発の新幹線に乗った。車中、泊まるホテルの場所や手帳の予定に目を通し、ゆっくりホットコーヒーを飲み干すと、もう京都駅だった。五年ぶりの京都、今から木曜日まで自由だと思うとワクワクした。行先は石不動之町《いしふどうのちょう》。こぢんまりした静かなホテルだ。鴨川まで、私の足なら六分ほど。案内された部屋はあまりに広く、貧乏性の私にはもったいない。

なにしろ漫画家になる夢を抱きつつ、別の仕事をしている娘からの心にしみる退職祝いなのだ。この事実を思い出すと、ゆったり寛ごうという気持ちが、おおいに芽生える。

なるべく何も持たず身軽で歩くのが好きだけれど、名古屋をひとりで離れる時は在留カードが財布にあるか確かめる。クレジットカード一枚と千円札三枚、本一冊を持ってホテルを出た。

すでに街では賑やかな夜が始まり、歩けば異国の弾んだ言葉が聞こえ、行き交う顔ぶれも多彩だった。とりあえずこぢんまりした八百屋に入って「バナナとアーモンド入りミルク」を買う。次に私が入るのは、もちろん蕎麦屋。

混んでいたので、六人掛けのテーブルに三人が座っている席に案内された。蕎麦を待つ間にエッセイ集『詩と散策』（시와 산책）を読んでいたら、隣席から韓国語が聞こえてきた。そっと右の方に視線を移すと、料理を楽しむ三人には割って入る余地がない。何にでも役に立つ翻訳アプリのお陰で、旅人が困ることなどないのだ。「こんばんは！　私はひとり旅中です。楽しんでいますか？」と韓国語で言いたい気持ちを抑え、「蕎麦派」の私は蕎麦だけを楽しんで出る。

コロナが流行る前、京都には二年に一度ほど来ていたが、ひとりで気ままに歩くのは初めてだ。以前は仕事で目的地に駆け込むか、または家族や友人と、いそいそ寺社を見て回っていた。確かにそのたびに、素晴らしいものを一気に味わったが、心の奥までは響かなかった気がする。

人波が落ち着いた夜道を、大股で闊歩した。いかにもこの街の人のように。眠りに入り始めた住宅街を、足音に気を遣いつつ宿に戻る。

大きなダブルベッドに横になった。薄オレンジ色の灯りを弱くしても寝られそうにない。起き上がり、長い散歩の疲労をとろうとラベンダーの香りのぬるま湯に浸かった。それでも眠りは来てくれない。何者かが私をじっとさせないようだ。

三月の福岡、対馬への退職旅行五泊の予約と準備、残った授業や小さな食事会にも出る。残りの半月はあっという間に過ぎるはずなのに、何かが同じ場所にいることを拒むように感じられ、そこへちょうど娘からのプレゼントが背中を押してくれた形となり、すんなりと京都に流れてきた、というだけのことなのだが……。

その犯人は、分かっていた。学校での特別授業「朗読クラス」の最後の時間だ。

「朗読クラス」とは、二〇一一年から月一回の水曜日、韓国の名文に触れるため、詩と短編小説、時にはエッセイもテキストとして、声に出して読むことを楽しむ――というものだった。韓国語を学ぶ学生が月に一度集まり、語学学習はひとまず置いて「文学少年・少女」に戻るひと時でもある。その時のようすが、静けさの中でじわじわと私の頭に浮かび上がった。

二月のクラスで「教室のことを思うと名残り惜しいけれど、退く時期は自分で決めたいと前々から思っていました。とりあえず休み、たっぷり休むうちに、身体が『次はこの道だ』と教えてくれる気がして……」と告げ「次の三月六日は最後の授業です。今まで読んできた文章や詩の中で、一番気に入ったものを朗読してください」と課題を出した。

当日は、いつも通り朝焼けの時間に起き、襖を開けてベランダに出た。空に浮かぶ雲に向かって「澄ました顔だね」と挨拶し、「今日は多く語らず、皆さんの朗読に耳を傾けるよ」と言った。大きな声の独り言だ。

学生たちの朗読が始まり、最後の時間だと思うと、数々の思い出に目頭が熱くなった。

九時間以上かかる手術を控えた私が俎板《まないた》の上の鯉の状態だった時や、学校の理事会で上手く説明や説得ができず、酷くやる気を失った時、押しつぶされず、再び立ち上がれたのは、共に朗読した仲間たちのお陰だった。彼らの朗読は静かな応援だったと思う。学校の講演会に招待したい詩人を決め、はるばる韓国の田舎・南道にある詩人の家を表敬訪問したこともあった。

時間になり、準備していた「散策に関する文章」と詩人・鄭浩承《チョンホスン》の「水仙花へ」などを、共に読んだ。

お茶の時間には多くのプレゼントをいただいた。しかもワインや分厚い商品券まで……。遠慮もなく、ためらう素振りも見せず、全部もらった。朗読する各人の姿に見とれてしまったためか、気持ちが昂《たかぶ》り、これを「いただいていいのだろうか」と考える理性、最小限の判断力さえなくなっていた。

ベッドの中で、再びそのようすが浮かび上がる。……学生が東柱《ドンジュ》詩人の「星を数える夜」や白石《ペクソク》の「私とナターシャと白い驢馬」を読んだその響きと余韻がまだ教室に漂う中、最後の学生が、東柱詩人の「序詩」を暗唱した。学生といっても七〇代の女性で、ややハスキーな声でゆったりと、まるで自分の今後の歩みを語るようだった。彼女の暗唱が終わる頃に、私は涙が沁み、鼻水が垂れそうになった。しかも緊張しすぎてか尿意まで覚える始末。私はとっさに右の親指と人差し指の間のツボを押し「想いが伝わる皆さまの朗読、ありがとうございました。あの世にいる詩人たちに届いたと思います」と辛うじて言ったが、あとのことが思い出せない。

とにかく躊躇もなく、おおいに「いただいた」のだ、年金暮らしの方々に。

私が同じ場所にとどまることを拒み、眠りさえ奪った犯人の正体は、この最後の「朗読クラス」だった。

あの日、帰宅した私は花束や本、菓子、商品券の入った箱を机の上に置いて眺めた。優しい色の包装からは、優しい想いが伝わってきた。やはりもらったからには「なにか、ほんの僅かなものでも応えないと！」と、全身がくすぐったくなった。プレゼントのお返しに、時間をかけ、私の心の印として何かを選ぼう、と心に刻む。娘が「京都旅行」というプレゼントをくれたのは、そんな気持ちでいた時だった……。この辺りまで考えに耽り、私は眠りに落ちていたようだ。

翌朝、穏やかな気持ちで目が覚めた。五時。ホテルの広い部屋で、いつものようにお茶を飲み、日本語の文章と韓国の詩を読みあげた。九時半に朝食が運ばれてくると聞いていたので、それまで散策を楽しむことにする。

やや肌寒い鴨川を、鴨たちに「おはよう」と声をかけ、写真も撮らず、ただ淡々と歩いて楽しんだ。戦前、朝鮮から留学で京都へ来た東柱《ドンジュ》詩人も、この鴨川を毎日のように歩いたはず。そう思うと詩人が身近に感じられ、どこまでも歩ける気持ちになる。国籍の違う顔が行き交い出す頃、私の身体も軽くなり、訪れた空腹感を歓迎しつつホテルに戻った。

部屋には、つぶあんをたっぷり塗ったトーストとコーヒーが届いていた。「しまった」と思った。昨日、コーヒーと朝食メニューのAを頼んだ時は、ただのパンだと思い込んでいた。甘いものは苦手だけれど、気にせず食べることにした。

朝食を終えると、紙コップのコーヒーを手に、いよいよ部屋を出た。「東柱詩人に挨拶！」。これが今日の午前、午後の予定だ。まず受付に寄り「ご馳走さまでした。明日の朝食は、Bとホットミルクでお願いします。レタス、挟んであるBです」と頼む。そしてバス停から、京都芸術大学へ行くバスに乗った。

実は詩人が下宿したアパートの跡地は、二〇一六年の暮れに訪れたことがある。たまたま韓国から、詩人のJとその友人Kが私に会いに来てくれ、冬休みで静まり返った学校の校長室でお茶を飲み、小さな運動場に出て正門前で写真を撮った。撮影は、写真部の世話をしていた在学生のNさんに頼んだ。それから、JとKとNさんと私の四人で「東柱《ドンジュ》詩人に会いに」という思いを胸に、京都に向かったのだ。

確か寒い朝、人に道を聞きながら、歩いて京都芸術大学の高原校舎にたどり着いた。入口左側の「尹東柱《ユンドンジュ》留魂之碑」が、私たちを迎えてくれた。中国の北間島《プッカンド》からソウル、東京、京都までの道のりと詩人の序詩が、韓国語と日本語訳で刻まれていた。

「J詩人」は序詩を読みあげたが、その声は透き通るように潤いがあり、そして一点の恥じらいもなかった。私と同じくJも教師の仕事を奪われ、長く苦労した過去を持つ。彼は一九九四年の春、ソウルの元の学校へ復職した。国語教師に戻れたJは、詩を書きつつトレーニングや登山の日々を送っている。友情は細々と続いてきた。

芸術大学を出て川に向かい、冷たい風に吹かれて黙々と歩いた。途中、コンビニで焼き芋を買い「美味しい、美味しい」と、気ままに食べながら歩いていた時、「下鴨警察署だ。福岡監獄に収監される前までは、あそこにいたのかな」とKが言って、私たちは急に静まり返った。熱い焼き芋の残りを、急いで口の中へ放り込んだのを憶えている(後で読んだが、詩人は下宿で九カ月半を過ごし、七月一四日に特高の手で下鴨警察署に収監され、一二月に検察局へ、翌一九四四年四月には福岡刑務所へ移送され、その翌年の二月一六日、亡くなっている)。

さらにそこから、四人で同志社大学までとぼとぼと歩いた。正門の守衛室で尋ねると「中に入って左の方へ進むと、ハリス理学館があります。すぐ隣です」と慣れた口調で説明された。

言われた通りに足を運べば「尹東柱詩碑」だ。ぽつんと立つ裸木も朔風《さくふう》も、その場にいた。詩碑の前には花束や紙パックの酒も置いてあった。

Ｊたちは写真を撮り、ソウルの高校生たちに見せるための動画も撮った。私は「二月に名古屋で、韓国の大学と共催で『東柱詩人の詩朗読大会』を開きました。名古屋は日本の真ん中です。その声は東へも西へも響き、また、こだまになって戻ってきますよ」と報告した。


今、私は六年ぶりに、全く同じ動線を辿っている。芸術大学前のバス停に降りて一瞬迷ったが、すぐ足が高原校舎の方へ歩きだし、「ああ、身体が憶えている」と自分で感心する。九カ月の下宿暮らしの跡地「留魂の碑」の前に立ち「朗読クラスの学生たちの『序詩』の暗唱や『星を数える夜』の朗読に、応答したくて来たのです」と伝えた。跡地をゆっくりめぐり、一気に春めいた陽射しを全身に浴びた。下鴨の川の方へ歩きながら、名古屋のクラスの学生たちにＳＮＳで写真を送った。

同志社大学に着く。校内は工事中だった。騒音が響くなか、東柱詩人の詩碑へ急ぐ。

「산수유《サンシュユ》の花だったんだ、あの時の裸木は！」と思わず声に出してしまいそうになる。

漢字で「山茱萸」と書くが、日本ではあまり馴染みのない植物だ。花は、レモンよりやや濃い、温もりのある笑顔で歓迎してくれた。

「先週の授業で、あなたの憧れの詩人・白石《ペクソク》の『私とナタシャーと白い驢馬』を、Sさんが読み上げましたよ。ほら、二〇一六年の朗読大会で『星を数える夜』を朗読して、皆さんを感動させた人です。彼女はもう八〇歳近くですが『生活のため、長らく一日三、四時間しか寝れないほど大変でしたが、近年は両親の言葉を学んで詩も好きになり、今が私にとって少女時代だ』と私の手を取り、抱きしめてくれました」。

詩碑を前にそう告げられたことが、誇らしかった。

詩碑の右側には、鄭芝溶《チョンジヨン》という詩人の碑もあった。夏の夕暮れに鴨川の畔《ほとり》に立ち、遥か遠くにいる大切な人を思い焦がれる旅人の詩・『鴨川』が彫られていた。

解放後、鄭詩人は、東柱詩人の遺稿詩集『空と風と星と詩』（原題『하늘과 바람과 별과 詩』一九四八、正音社）で東柱とその詩を、冬至の花、氷の下の一尾の鯉にたとえている。冬至は植民地時代を表し、氷の下の鯉は、戦時下の圧力の下で、志を忘れず清らかに生きた詩人のことだ、と思う。自国の言葉で書けない暗黒期、韓国語で

書かれた詩は、今も生きているのだ。以前もここに立って読んだが、今朝、鴨川沿いを歩いたせいか、二人の詩が全身に染み込んだような気がした。

ひと休みしようと長い石の椅子に座る。RさんからLINE《ライン》が来た。「先生！『留魂の碑』ありがとうございます、写真を見ています」と。

相国寺へ移動する途中、空腹感が襲って来た。ランチの時間は終わる頃。私は空腹感を無視して、街中でなお静けさ漂う寺に入った。誰もいないのをいいことに、ここは私の別宅なのだと妄想して歩きまわる。若沖の「月夜芭蕉」の絵を間近に見ることもできた。新鮮な存在感に圧倒された。

芭蕉と言えば私には「芭蕉野分して盥《たらい》に雨を聞く夜かな」しか浮かばないが、この寺を勧めてくれたRさんの審美眼は確かだ。時には「花より団子」ならぬ「団子より芭蕉」で正解だった、と感じつつ、一万四〇〇〇歩も歩いたので、お腹のシグナルに従って午後三時でも商い中の食事処を探そうと速足になった。

地元の人たちが入りそうな小さなスパゲティー屋でズッキーニ、エビ、ガーリックがたっぷり載ったパスタと赤ワインを頼む。いつものように大声で「ご馳走さまでした」と言ったら「おおきに、スタンプカードありますか?」と言われる。旅行者なのでありません、と言うつもりで、なぜか「旅行」と言わず、「旅人です。美味しかったです」と言い、満足して店を出た。

繁華街は仕事を終えた人や観光客であふれていた。私はホテルを目指して川辺の道を歩いたが、お腹は満腹。オリーブ油やバジルの香りが唇に残り、夕食も要らないかも、と思うほど。夕暮れの川風も気持ちよかった。

YouTubeで松任谷由実の『やさしさに包まれたなら』を流し、湯船に名古屋から持参した入浴剤を入れて浸かる。私は一年中シャワー派だが、好きな曲を聴きながらの入浴は自分へのご褒美《ほうび》だ。頑張って理解したBTSの曲も、彼らのダンスも好きだけど、やはり落ち着くのはあまり早くないテンポの曲だ。

「クチナシの香りの〜」と口ずさみ、シャワーを浴びる。ほぼ二万歩を達成した自分の脚に「お疲れ様」と労いの言葉をかける。

翌日は、ここ三年入館できなかった高麗美術館にゆく予定だったが、美術館のホームページに「臨時休館」の案内があった。工事中らしい。それならばと足を伸ばし、宇治川へ行こうと決めた。検索するうちに多胡吉郎の本・影書房刊『生命の詩人・尹東柱』のことや、一九四三年に東柱詩人が友達と遠足した宇治川の天ヶ瀬吊り橋だと推定される生前の最後の写真も発見した（いずれ読みたい）。さらに検索を進めると「白虹橋《はっこうばし》」に行きあたり、たもとに「詩人尹東柱　記憶と和解の碑」が、二〇一七年に建てられた、とあった。明日の遠足への期待が睡眠へ誘導してくれたようで、その夜はぐっすりと眠ることができた。

コーヒーマシンの泡立つコーヒーを紙コップに入れ、冷たい風が吹く鴨川に行った。朝の河原はじつに快適で、鴨川の近くでせめて一カ月、暮らしてみたいと思った。そしてこの河原を歩くのだ。

コーヒーを持ってでは速くは歩けないが、のんびりでは寒さがこたえる。しかし私には、岡崎市から朗読クラスに来ていたMさんが編んでくれたマフラーがあった。この季節にピッタリの、分厚くないカボチャ色を誇らしげに首に巻き、威風堂々、ゆったり歩こう。私の好きな色で作ったのだと渡してくれた彼女が「最後の授業の日は、家族の検診に付き添わないといけなくて……」と欠席を告げたのは二月の授業の時だった。コーヒーを飲み、涙も飲みこみつつ「私は一四年間専任をして、誰かひとりにでもこんな温かい配慮をしたことがあるのか。真心を表したことがあったのか」と、朝の散歩の時間、わずかな反省の影がついてきた。

八時半頃、ホテルに戻って荷物を片付け、預ける準備も完了させて朝食を待った。空腹を感じる。九時半を過ぎるとベルの音がした。

お礼を言って受け取った箱を開けたらレタスはなく、前日と同じひどく甘そうなつぶあんたっぷりのパンがあった。そばには氷の入ったミルクも。前日、確かにメモを取った受付の人の姿が浮かび、やや不愉快になる。「なら私の発音の問題なの？」と呟きながらフロントに連絡する。息も荒げに飛んできたホテルマンは、深々と頭を下げ「別のものが間違って運ばれました」と食事を取り下げた。レタスを切らしてしまい、買ってからつくるので、少々時間がかかるとの事情を聞き、「ただのパンで構わない」と言ったが、一〇時頃にマネージャーがレタスとハムのサンドイッチと温かいミルクを運んできた。

部屋を出てフロントへ行き、夕方まで荷物を預けたいと言うと「大丈夫です。宇治川へ行かれるのですね？　ここから最寄りの駅まではタクシーに乗ってください。私たちの手違いで遅くなったのですから」と恐縮している。歩いて一〇分もかからないと断ったが「タクシーは待機していますから」と言う。北海道から来て、四年前から京都で働いているという彼に「色々とネットに書き込みがあると影響も出ます。このくらいはさせてください」と言われ、乗るしかなかった。

手を振るマネージャーの姿が消えたと思ったら、あっという間に目の前は清水五条駅だ。列車に乗って初々しい気持ちになり、東柱詩人が同志社大学英文学科の学友たちと初夏、出かけた宇治川へ向かった。駅から一〇分ほど歩くと宇治川が見え、平等院もすぐそこだ。そこから五〇分ほど歩いた先が本命の予定なので、平等院では佇まいをじっくり満喫するより「軽くて輝くもの」を選ぶことに時間を費やした。送別のときにもらった数々のものと思いに応えるための、しおりやクリップなどだ。

賑やかな平等院周辺とは打って変わり、川沿いの道は静かだ。平日だからか、歩くほどに廃れた旅館や空き家も目立つ。人影はなく、たまにトラックが通る。歩き続け、正午を過ぎると食欲が、お腹の音で訴えてくる。リュックから一口サイズのチョコを出して食べた。いくつかの橋を過ぎ、川幅が狭まるところで悠々と遊ぶ水鳥を見る。「あ！　検索で見た天ヶ瀬吊り橋」と思わず声が出た。私の健脚で、平等院から四〇分ほどかかっていた。橋は架け代わり当時のものではない。が、今も渡りたくなる趣があった。注意深く吊り橋を往き来し、さらに水鳥の戯れる河原に下りた。午後二時過ぎの陽射しを浴びつつ、流水を見つめた。

詩人たちは宇治駅から平等院、さらに歩いてここまで来た。遠足は、夏に里帰りする友のための送別会を兼ねていた。その姿と動きが、今、私の心に映る。結局、東柱詩人は七月一四日、里帰りできずに捕えられ、惨い死に至ってしまうのだ。

上流の白虹橋までは、徒歩八分もかからなかった。うす暗い木陰に、生誕百年

（二〇一七）に建った「詩人尹東柱　記憶と和解の碑」があり、詩「新しい道（새로운 길）」が刻まれている。渇いた喉にお茶を流し込み、お腹に力を入れた。肩の力が抜けるような感覚を覚えつつ「新たな道」を大声で読み上げた。両手を合わせて碑のまわりを歩き、建立のため、また毎年の集いに今も汗を流す人たちに感謝した。詩そのままのように、小さな私にも渡るべき橋や村、そして峠がある。今日も明日も、深く感じてそっと伝えたい、新たな道を……そう思った。

戻り道は、ただ降りていくだけ。もう慣れた道を駅に向かった。しかし何かが、空腹の私を凝視している気がして、またもや午後三時過ぎにも商い中の店を探す。

平等院の入口付近で「ラーメン」の旗が目に入る。店の庭にもテーブル席があった。メニューをめくると本日のお勧めはスタミナラーメン。絵にはキムチがトッピングされていた。気になる値段は、宇治茶粉末を頼むと一〇〇円アップし、一三五〇円。迷った末、粉末入りを頼んだ。宇治に来て、宇治茶か抹茶アイスなしで帰るわけにはいかない。大きくて甘いアイスクリームをひとりで舐めるよりは、粉末をキムチ・トッピングのラーメンに加えることにした。

「あの粉末を、たっぷり入れてください」と注文する、店員さんはたっぷり入れてくれた。新緑のラーメンになり、香ばしく、そして辛かった。

元気が戻り、駅に向かう。途上、先ほどの碑文の「和解」の意味を考えた。たもとの碑の名前は「詩人尹東柱　記憶と和解の碑」だ。記憶して、そして和解へ至る道には、「事実と真心を伝えること」「受け取る姿勢と時間」、そして「たがいにせがまないこと」が、必要なのだろう。

夕方五時すぎ、ホテルに戻る。荷物を出してもらい「次に高麗美術館へゆく時にも、ここに泊まりたいです」とお礼を言ってバス停に向かった。

明るいオレンジ色に黄昏《たそがれ》る空を見上げ、「東柱詩人！　私の三月はあなたの詩と友情でいっぱいです。忘れず戻ります。また！」と心の中で呟くうちにバスが来た。

断捨離の旅　1

その日の午後、豊橋の大学での仕事を終え、名古屋まで、こだまのゆったりした席に身を沈めた。駅の売店で買った韓国キンパの味に感心し、地下鉄の最寄駅からは陽射しを堪能して帰路を歩く。

キングサーモンも上等な牛肉も、我が家の食卓に載る回数は大幅に減ったが、重圧感は減り、心身共に快適になった。

四月（二〇二三年）から週三回、韓国語の授業を担当しているのだが、移動時間を除けば、準備と講義で四時間と短いのが有り難い。また六月から「日本アジア文化論」というオムニバス講義に四回参加し、NHK文化教室では月一回「韓国女性史」を教え出した。

家族もみな元気。大学二年生の次女・ミチは幸い私大ではない。それだけで親孝行だと感謝している。準社員として働き、休みの日には絵に没入する長女・ヒヤは、五月から家へ入れるお金を増やすと言ってくれた。夫は、放射能汚染など環境問題を考える集いに出かけたり、自転車で遠出したりしつつ、私同様に最小限の仕事をし、自分の時間最優先の日常を過ごしている。

思えば「快適」を実感したのは、対馬の旅の頃からだった。三月の五泊六日の旅は、退職を自ら祝う「自祝」と、心の「断舎離」という意味もあったと思う。

研究生になった一九九四年二月、名古屋大学大学院の入学試験を一週間後に控えていた時に、文学部の留学生担当者から、かん高い声で「リーさん！　領事館からリーさんを探す電話が何回も来ました。早くかけてみてください」と言われ、電話番号のメモをもらった。文学部棟から大学本部へ、できるだけ時間をかけて歩いた。ゆっくりと電話ボックスに入り、さきほど言われた領事館ではなく、ソウルの家に国際電話をした。

その頃、韓国では、大統領になった金永三《キムヨンサム》が改革を推し進め、国は軍事政権の外套を脱ごうとしていた。そのくらいは知っていたが、私は日本史の本と論文を読みつつ、バイトをして穏やかに過ごしていた。それが当時の日常だった。まわりには電話もテレビも新聞もなく、ひたすら静かな時間が流れていた。

「復職、決まったよ」と、電話に出た姉が嬉しそうに言った。「早くソウルに戻って、文教部の面談を受けなさい。三日から一週間のうちだよ」。

「試験日が、ちょうど一週間後だけど……」という私の声は聞こえないのか、「三月から学校に戻るんだから、急ぐみたいよ」と、姉は話し続ける。

私は、修士試験にもし落ちたら、という不安もよぎったが、とにかくなんの根拠もないまま、「姉さん！　なんと言えばいいか分からないけど、今は戻りたくない。ここにとどまりたいの」と言った。公衆電話ボックスの中から見えた景色は、やたら明るいオレンジ色の空だった。「お父さんとお母さんによろしく」と短く言って、私は逃げるように電話を切った。

姉の言葉を忘れることはできなかったが、自分の電話を持っていないので、煩いなく勉強に集中できた。それでも何度も試験に落ちて泣く夢を見た。余りにも緊張して、試験日の前日には缶ビールを一本飲み干し「今後、私の人生には試験はなし！」と宣言までした。

韓国での復職の道を捨てた私は、ソウルの面接と重なる日に、修士課程に入る試験を震えながら受けた。研究肌でもなく、深く掘り下げたい分野もない私だが、ただ「とどまりたい」気持ちだけでソウルに帰らなかったのではない。一瞬、毎月決まった日に給料をもらい、親孝行をしたいとも思った。しかし具体的に、教室や図書館などで生徒たちと愉快に交わる自分の姿が、どうしても思い浮かばなかった。「あれは軍事政権下での不当解雇だった。四年半も過ぎてからの復職とはいえ、その間どのような姿勢や立場であったにしろ、自分が希望するなら臆せず戻ればいい。当然だ」。

そうは思ったが、「日本に来る前から、また日本にいる間も、復職のための運動には加わってない。戻るために汗と涙を流した教師たちとは違う。今さら『ただいま！』と、学校に戻れるほどの鈍感さはない。図々しいではないか」というのが本心だった。

もうひとつの理由は、たまたま勉強の合間に読んだ、フィールドワークの記録のような短編小説で、妙に心に残っていた。三五年間の「日帝時代」、志を抱き、独立運動のために中国などに行った人たちがいたが、その多くは一九四五年八月になり、堂々と胸を張って朝鮮半島に戻ってきた。しかし、一方で現地に残った人たちもいる。作家は後者、戻らなかった人たち、即ちその意志を貫かず現実と妥協した人たち、あるいはその志を忘れた人たちについて書いていた。現代史にも残らず、ニュースでも注目されない、取り残された人たちを、淡々とした文章で綴っていた。

私は、小説の内容や時代背景は、自分の場合と違う、と自分に言い聞かせたが、それでは気持ちがすまなかった。私も「誠実に、最後まで貫く」ということはしなかった……。

さらに、当時、私が日本、ここ名古屋で出会った人たちは大体が私に親切だった。「どうして」「なぜ」を、詳しく私に聞かなかった。ただ単に一留学生に深い興味などなかっただけかもしれないが、なんで社会人留学を選んで苦労しているのですか、何歳ですか、そんな年で未来は不安ではないですか、などと根掘り葉掘りの質問がなかったのだ。「親切」ということでなければ「無関心と匿名性の都会」というだけだったとしても、隠れ場として、居心地があまりにもよかった。

私は無事、大学院に入り、まわりの助けもあって修士論文は書けたが、今度は博士課程という段になって自信を失った。自分には事実を客観的に分析する力が足りないと、じわじわ実感するようになっていた。これで日韓両国の外交文書を、公平に評価できるのか——と怖かった。心が揺れていた時、ある金沢出身の人に出会った。

夏の夕食時、大学二階の学生食堂だった。テーブルには冷めた焼魚、ほうれん草の和え物とぬるい味噌汁が並んでいた。早く食べて研究室に戻り、翌日のゼミに備えて苦手な近世の文書《もんじょ》を読まないと、と急く耳に、知った曲が流れてきた。ゆるやかな調べが、異国の夕暮れ、冷えたご飯を頬張る私の心に染み渡った！「懐かしい……。ソウルで聴いた憶えがあるけど、曲名が浮かばない」と思わず言葉が口をつくと「ドボルザークの新世界」と向かいの男の人が言った。「ああ、ありがとうございます」と上の空の返事をし、大学時代には講義の合間や休講の時、音楽鑑賞室でよく聴いていたクラシック音楽を、ここ何年かはほとんど聴いてなかったな、とやるせない思いになった。

二日後、研究室の私の座席に「新世界」のCDが置いてあった。曲名を教えてくれた彼だった。廊下ですれ違った時「CD、ありがとうございます。でも私、プレイヤーがないんで……」と言った。

大学に近い穂波町でひとり、自炊生活を送っていた頃だ。バイトは少な目で、最小限の支出を念頭におき、風呂なしの木造アパートで始めた質素な暮らし。夏はエアコンどころか扇風機もなく、心配した韓国の友達が、名古屋まで扇風機を送ってくれた。今の夏なら厳しいかもしれないが、当時はそれで凌ぐことができた。テーブルは布を敷いた段ボール箱。暮らしの不便より漢文の理解不足が問題で、まわりについていくために必死で文献と論文を読んでいた。

その二日後、研究室の机に今度はCDプレイヤーが置いてあった。鼠色で横幅はA3サイズほど。「リーさんは留学生だからいいよ」と、食事や飲み会で先輩たちに奢ってもらうことは多々あった。しかし今回ばかりは、もらってよいものかと迷ったが、機械の端に「もらい物です。よければ使ってください」とのメモを見つけた。留学生の先輩から譲ってもらった色褪せてボロボロの自転車に載せ、それをアパートに運んだ。部屋で聞くCDの「新世界」は、蜜の滴りのように甘かった。ドボルザークが国を離れ、アメリカで作曲したことは知っていたが、ここ名古屋で聴き、きゅんときた。

彼から多くのCDを借りるうちに付き合いが始まった。彼から後に聞いたことは「クラシックの中でも『新世界』は、演歌に思えて感心しなかったけど、あの学食では、僕にも響いたよ」とのこと。彼は高校、大学の音楽サークルで演奏活動をしていた、と言い、さまざまなジャンルの音楽を紹介してくれた。どこに行けばLive Jazzを聴けるか、楽しめる音楽会はどこでやっているのか、など全く知らず、単調な避難暮らしを砂漠のようなところで過ごす私に、友達として、「博士課程」以外の楽しい景色を見せてくれた。

彼とは後に、結婚することになる。いわゆる国際結婚だが、とはいっても「東京の人と大阪の人」くらいの距離感覚で、結婚話はすんなりと進んだ。彼の実家は、一九八〇年代からホームステイの留学生を受け入れ、異文化交流を日常的にしているような自由な家風だったのだ。

挙式、出産という当時の「通過儀礼」を終えた頃だった。公園でママ友たちと喋っていたら、富山から来ているBさん（夫がソウル出身）が話しかけてきた。

「リーさん！　うちの子二人、土曜日には亀島の韓国学校に行って韓国語を学んでいるんだけど、先週、言われたの、先生が足りてないって」。

Bさんは笑いながら「日本人の私にまで、どなたか紹介してくださいって頼まれたのよ、どう？」と続けた。

当時の私は、仕事の面では「経歴断絶女性」の、いわゆる『経断女』だ。刈谷市にある大学で週一回「韓国歴史」を教えてはいたが、それ以外、ほとんど育児オンリーの日々を過ごしていた。

しかし私は「まんざらでもない」と思った。せがまれて履歴書をBさんに渡しながら「土曜日ならできそう。決まったらランチ奢るね」と、気軽に引き受けた。

一週間後、面接のため学校の正門前に立つと「名古屋韓国学校」という名前を確認し、小さな運動場を過ぎ、玄関まで歩く……、その間に、急に胸がいっぱいになった。世の中の責任ある仕事から長く離れ、ちょうど心に「教職に戻りたい」という気持ちが芽生えた頃合いだったのだろう。あまりにも長く休み時間が流れたせいか「私は復職していいのだろうか」と悩んだことさえ、すっかり忘れていた。

こうして一年半の講師生活を、私は心の中で「復職の始まり」の意味で気楽に受け入れた（やがて教頭職を一年間、そして校長という責務を負うことになるのだが）。ソウルの賑やかな全日制高校ではなく、離島にあるような地味で小さな学校への復帰だった。学校が一九六二年に始まったことは、覚えやすい。私の出生の一年前から存在している。

こうして、及ばない器も鍛えられ、時は流れる。何とか無事に退職の挨拶ができ、最後の二カ月は講師として勤める機会もできて、新任の頃の初々しい気分を味わうこともできた。ソウルでの軟禁、疎外というしつこいトラウマが、かなり軽くなったのを感じた。

学校での最後の仕事は、中高等部のクラスだった。ここで私は、生徒に贈り物をしたいと思った。前々から「リー先生が作ったトッポッキ、食べたい」と言われていたが、コロナ禍で教室での飲食は無理だ。「リー先生印」の持ち帰り用トッポッキを、当日の朝、作ることにした。

前夜、材料の餅を水につける。翌朝、ゆで卵、チーズ、玉ねぎ、人参の入った真っ赤なトッポッキ九人分を、九つのプラスチック容器に等しく分けた。地下鉄では、匂いがしないか気になり、換気ができそうなドアの前に立った。

授業が終わり、一年、共に授業ができたこと、生徒が韓国語スピーチ大会に挑戦したことなど、嬉しかったことを述べた。皆はトッポッキの紙袋を持って教室を後にした。片付けをしていると、ひとりの生徒が母親と教室に入ってきた。「今までありがとうございました」と礼を言われ、菓子折もいただいた。

そのあとは、学校行事で裏方として大いに活躍してくれたボランティア「蟻の会」の方々とのお別れ会だった。「皆さまのように、私もボランティア活動ができるようにしたいです。引き続き、学校のことも応援してください」と、一四年間の彼らの活動を讃えた。目立たない一枚の雑巾のような、用が済めば忘れ去られるような、そんな軽い存在であったとしても、その美しい志に思いが寄った。

最後まで一緒だった後輩の教師二人と建物を出た。土曜日午後七時過ぎの道を歩きながら「さらなる飛躍ができますように」と呟いた。

家に着き、LINEを見た。「先生！　すごく美味しかったよ」と韓国語のメッセージ。最愛の忍冬酒（犬山の小嶋家の銘酒）にほんの少し湯を足し、「大成功！」と自分に乾杯した。異なる時間と場所で花々がいっせいに咲くように、私の「復職」という花の形と色に大満足である、と思った。涙は泉となり、そこに花が咲くような感激。

思い返せば、学校で出会った人たち全員が師だった。今日だけは、できなかったことや、しでかした失敗は考えない。断舎離だ。やはり旅に出よう。後悔は、知らぬ土地にそっと置いて戻ろう……。こうしてすっかり時間を味方につけた私は、時間の富者《プジャ》として歩むべく、旅行へと赴いたのだった。

対馬への旅は、まず福岡からはじまった。空港から天神南駅までは三〇分弱。

福岡には、信頼する日本人の先輩と後輩がいる。先輩に会うのは三年ぶりだ。以前二回来たとき、かなり歩いたので身体が道を憶えていて、迷わず宿にたどり着く。夕飯前に宿のまわりをひとりで歩き、先輩と合流して野菜中心の料理屋に行った。

そこで先輩の知人Vさんと三年ぶりの再会をしたが、彼女はまるで雪を被ったような頭で、最初は別人かと思った。「アンニョンハセヨ！」の声で思い出し、私もやっと「久しぶりです」と言えた。ビールで乾杯し、「確かVさん、髪は真っ黒だった記憶が……」と尋ねる。彼女は髪を染めるのが面倒で、身体にも悪いと思い、自然な成り行きに任せるのだと言った。

韓国語がなかなか上達しないこと。日帰りの釜山の旅。美味しかったサバの刺身のこと。たわいのない話をするうちに気持ちの隔たりもとれ、やさしい味を満喫する。

店を出て地元の人だけが歩く夜の道を三人で歩いた。しかし宿につく前に、どうしてもトッポッキが食べたくなった。「四日前、生徒に九人分も、美味しく作ったのよ！」と自慢話をしたが、実はその時、自分の分はなく、味見さえしていなかったのだ。三〇分後には閉めるという韓国食堂に入り、私たちはひと皿のトッポッキをまるでデザートのように楽しんだ。

帰り道、私が「そろそろ『五九通り』から連なる『海岸線六〇通り』に向かってゆくババ（婆々）なので、ここからひとりで大丈夫」と冗談混じりに言っても、二人は宿まで送ってくれた。

韓国の大人の集まりでは、「五年九組」といえば五九歳のこと。言いにくいこともユーモアを込め、私は人生が今、険しい海岸線だとしても、『海岸線六〇通り』の右手の海、左手の山の景色を楽しみたい、と言いたかったのである。

大分から福岡に移り住んだVさんと先輩は、韓国語の教室で生徒同士として知り合い、この町で演劇活動や日本酒作りのボランティア活動にも携わっている。二人の友情は一〇年来のものだ。笑ったVさんのまばらに垂れた白髪は、たてがみに見えたりもして、似合っていると感じた。二人にいただいた温もりと、暖かい南風にたっぷり触れたお陰で、朝五時まで熟睡できた。

いよいよ明日、対馬にゆくのだ。

断捨離の旅　2

博多から対馬に向かう。五時間の船旅だ。江戸時代、大陸との外交の要だった対馬は、私にとって未知の島。晴れた空に舞い上がる風船のような気持ちで乗船した。

もっとほかの、たとえば温泉やリゾート地の方がよかったのかもしれない。しかし私は、明治以降、江戸時代ほどには注目されなくなったこの島に、衰退しつつも踠《もが》きながら存在する場所……というイメージを勝手に持ち、惹かれるものを感じていた。

船旅はほぼ九年ぶり。大阪から釜山まで家族で乗って以来だ。航空便が取れなければ利用しようと思ったその三カ月後、韓国で「世越《セウォル》號惨事」が起きた。修学旅行の高校生を含む三〇四人が犠牲になるという痛ましい出来事でヒヤリとした。

社会全体の衝撃と悲しみが消え切らぬままの二〇二二年一〇月、今度は「梨泰院《イテウォン》惨事」が起き、外国人一九人を含む一五九人の尊い命が散ってしまった。警察や政府の対応の惨さに怒りを覚えた。

「問題（issue）を問題でそらす」と韓国人はよく言う。政府の顔色をうかがうマスコミが、都合の悪いニュースを別の刺激あるスキャンダルを並べて見えなくすることだ。そしてあっという間に、問題は消えていく。そんな中で、私は再び船に乗りBTSの『春の日』を聴いている。「보고《ボゴ》 싶다《シッタ》」（船にいた友人たちに会いたい）歌は、そんなふうに聞こえる。


乗客も少ない、広々とした船室で茫々とした大海を眺めると、五月下旬に予定しているNHK文化センターのテーマが思い出された。自分はやはり仕事人間なのか、と思わず笑ってしまう。旅にゆったり身を委ねることもできないとは。

その講座のテーマとは「最初の女性声楽家・尹心悳《ユンシムドク》が生きた時代と歌」だった。彼女は当時、総督府に選ばれ、留学生として東京音楽学校を卒業し帰国した。一時の全盛期もあったが、挫折も味わい、司会、演劇俳優、大衆歌手などに活動範囲を広げた。

一九二六年、大阪の日東レコードで大衆歌謡『死の讃美』を録音したが、その年八月四日の明け方、徳壽丸で対馬沖を航行中に、劇作家の金祐鎮《キムウジン》と投身心中したのだ。当時の絶望や虚無感を歌った「死の讃美」は、その名のまま映画、そしてドラマにもなり、韓国では注目を浴びてきた。私も一九九一年の夏、ソウルの繁華街にある映画館で見た。

平壌《ピョンヤン》から京城《ソウル》、東京、再びソウル、大阪を経て下関から対馬海峡まで。三〇年という短い人生。その道のりは、今の時代、ネットで検索すればすぐに出てくる。この対馬海峡を、あと一時間半も航海すれば、彼女は釜山港に着いていたはずだ。

私は船室から甲板へ出てみた。晴れた日だったが海のうねりを見ていると、巻き込まれてしまうような怖さを感じ、二分も同じ場所に立っていられなかった。

時代の矛盾と没理解の壁に、彼女は覚悟を決め、迷わず死の海に身を投げたのだろう。出口の見えないトンネルを走る日々に終止符を打ったのだ。社会に人格を否定され、じわじわと何回も殺されるような人生を拒否し、恋人とただ一回の死を選んだのだと憶測するしかないが……。

『死の讃美』のレコードは、死後の一九二六年一〇月に発売された。二人の死は当時、新聞のトップを飾り、真実は泡と消えたが、その勢いでレコードは五万枚以上売れた。そのレコードは今なお注目を集めているらしく、近年、ネットを通じ五〇〇万円で取引されたという。

自販機で水を買い、おにぎりを食べながら、名古屋に戻ったらその歌詞を吟味して訳し、また新聞記事も確認しようと自分に宿題を課した。あまりにも早く散った才能を、記憶し、時代の流れに埋れさせないために。

壱岐にしばらく停泊した船は、厳原《いずはら》港に向けて進む。生きていくことは、絶え間なく押し寄せる虚無を、どう収めていくか、ということでもある。暇に任せた散策が生業《なりわい》で、世の仕事はバイトだと心得、日々を山や森に親しんで過ごす顔ぶれが頭に浮かぶ。

かく言う私も、その方向に進んでいるのだと認めると、気持ちがうずうずしてきて、自販機のコーヒーを片手に船室、甲板を歩き回った。空を見上げ、雲や風、そして島に、自分は旅人だと告げたかった。「よろしく！　これからしばらく、私はデマド（対馬）にいるよ」。

私が厳原のホテルにリュックとノートパソコンを置き、対馬博物館の周囲を歩き始めたのは、午後四時半頃だった。

休日の博物館の裏方に清水山城へゆく小道があった。激しい傾斜道もなく、まだ空も明るいうちに三の丸に着いた。厳原の港や街並みに見とれた。波も風も穏やかだった。空にはひと群れの雲が流れている。たまたま海の色と私の上着の色、そして空の色が同じ濃い青で、それが嬉しくて子供みたいにはしゃいだ。

ひとり、離島の山城に着いて後ろを振り向き「今までが、やはり奇跡のように有り難かった」とこっそり自分につぶやく。そんな静かな時間が過ぎ、男女二人連れや老人とすれ違いながら降りてきた。

博物館周辺から道はなだらかになり、足元は緊張から解放され、街並みのゆったりとした雰囲気に歩調を合わせた。戸を閉めた郵便局が見えた。観光案内所兼物産館で見つけた絵葉書を、ホテルで夜のうちに書き、明日、投函しようと思った。

夕食には、サバが食べたかったがなかった。幸いにも対馬産のイカの刺身とひじき煮はたっぷり味わえた。小さなスナックが続く裏道を通る。夜は早く、月も退屈に浮かんでいる。

島で唯一の大型スーパーに入り、翌朝のためにミルクとサツマ芋入りのパンを買った。「最近、モーニングをやってる喫茶店はあまりないです。九時からだとありますが」というホテルの人の言葉を思い出したのだ。

ここで名古屋でのモーニングを思い出す。昔のままを貫く近所の店や、ひたすらコーヒーを味で語る無愛想な店、また散歩がてら三〇分ほど歩いて通った店などを。朝の時間を、私は恋人を慕うように必死になって楽しんだ。朝の喫茶店という存在が、この遠い島に来てまでも、懐かしく感じられた。

厳原のホテルの部屋で絵葉書を書こうとしていたら、ソウルの教え子・Wからスマホに連絡が入った。彼は時々Facebookで近況報告をくれる。つい最近の投稿は、彼の息子が軍隊に入ったことだった。高校時代の彼は、教室か保健室でほとんど寝ているような生徒、そんな記憶しか残っていないが、先輩や後輩たちとは仲がよかったようで、同窓会にも変わらず参加しているらしい。

カカオトークで、彼の二年先輩のPの墓に参った写真も送ってくれた。Pは、私をソウルの空港までバイト先のタクシーで送ってくれた、忘れがたい人だ。

Pのことを思う。とても律義で明るい彼は、私が修士過程二年の時に「先生！　報告があります。ひとまず許してください。先生より先に結婚することになりました」と国際電話をくれた。私は心を込めて祝った。「おめでとう！　おめでとう！　お知らせに感謝！」。嬉しかった。浪人して高校に入った彼が三年生の時、私は大学出ての新米教師として、世界史を教えることになった。だから歳の差は僅かだった。また一年後の国際電話では「すみません。今度は、先に親になります」と、この時も、とびきり喜ぶ声が聞けた。その間、私はソウルで卒業生たちとの食事会に参加し、そこで社会人としての活躍ぶりも聞いていた。

しかし一九九八年一二月の初め、Pの友達のNから「先生！　お久しぶりです、ちょうど東京にいます。……名古屋に行って、報告したいことがあります」と電話を受けた。在学中のNのことはほとんど憶えがなかったが、その少し前（一九九六年）、ソウルで食事会の後、Pと三人でお茶を飲んだことがあった。

産後四カ月ほどだった私は、「二時間ごとに授乳をしないといけないのだけど……最寄りの駅まで来られる？」と聞いた。彼は了承してくれた。

二日後の夕方、旅行中の義母《はは》が寄ってくれたので赤ん坊の世話を頼み、リビングで話を聞いた。

夏にPが亡くなったこと。家族が通う寺に墓をたてたことや、臨月だった私には言わなかったことを話してくれた。リビングにNを待たせ、隣の部屋で授乳をして、義母に外でNと夕食をしてから戻る旨を告げた。

駅前の居酒屋に入り、Nにご馳走した。授乳のことがあり、私はひと口だけだったが彼には多く飲ませた。私の時間を気にする彼に「赤ん坊は、幸いミルクも飲むから大丈夫」と安心させ、その日、彼は新幹線の終電で東京に帰ることになった。家では言葉を選び、訥々と話したNだが、酔って感情が溢れ、詳しいことを語ってくれた。

「過労のせいで、自ら命を絶ってしまった。仕事の過ちがあったとしても、すべての責任をあいつひとりで負うなんて……」と泣きそうな声になった。私は「Pのことを伝えに、遠いところまでありがとう。また会おう」とだけ言った。

それくらいしか記憶にないが、Nを送り出した最寄りの駅から家まで、バス停七つか八つ分を、とぼとぼと歩いたことは憶えている。歩いて、底知れぬ明るい性格と義理堅いPの目と声を、そしていつも自分よりまわりを優先した姿を、心の引き出しに仕舞い込み、帰宅するまでに封印して現実に戻ったつもりだった。

しかし、封印は脆《もろ》く、何日も経たないうちに、Pが生まれ変わる夢まで見たのだった。多忙だったとはいえ、墓参の機会はつくれたはずだったが、どこか私は避けていたと思う。認めたくなかったのかもしれない。

時々先輩たちと墓参りしているというWに「Pの写真ありがとう！　今度ソウルに行ったら私もお参りに行きたい」とメッセージを返した。

観光の時期でなくとも、対馬の北部には釜山からの多くの人が訪れるが、ここ厳原町は静かな町だ。静寂に包まれ、ホテルの部屋で真夜中に「起きたら散策、朝食、万松院、雨森芳洲の墓参り」と、翌日の予定をメモした。

予定より早い四時頃、目が覚めた。布団の中でぼんやりと、昔の生徒たちの記憶を追った。確かあのとき、Nは東京にいた。彼のお母さんが食堂で働いていたが、体調を崩して入院中だったはずだ。時間を見つけて名古屋まで来てくれたNは、Wの話によると「舞踊家を目指し、文才もあったN先輩は、苦労して転々と勤め先を変えているようで、なかなか連絡もくれないんですよ。……先生が会いたいなら、Nの妹も知り合いだから聞いてみます」とのことだった。

Pのことを伝えに来てくれて以来、Nのことは、全く忘れていたわけではない。長い年月の中で、意識に浮かんだり消えたりしてきた。「Nにどうしても会いたい」とWに伝言を頼みたくなったが、その気持ちを抑え、私の電話番号を教えて欲しいとだけ、メッセージで送った。

窓を開けるとまだまだうす暗く、それでも清水山の鳥たちが払暁《ふつぎょう》の挨拶をしてくれる。窓を開けたままでお茶を飲み、読みかけの小説『影裏《えいり》』を開き、深くて美しい文章をたどった。

七時半頃、かつて藩だった頃の趣が所々に残る道を、買って五年目の運動靴で歩く。赤味を帯びた紫色の運動靴だ。石と石の間に、垣根の隙間に、古びた橋の隅っこに、深い緑色の顔で陽射しを待つのはツワブキの葉だった。名古屋では埃に汚れ、穴だらけで黄色い斑点を浮かべるツワブキの葉が、ここ厳原では違う。海風や光などの影響もあるだろうが、植物にとっては、やはりこの島の方が住みやすいのだろう。

役所を通り過ぎ、博物館の駐車場を過ぎると、野良猫二匹が早朝の日向ぼっこを楽しんでいた。「ここはまだ、我々の居場所なんだ」とでも言いたそうな警戒心のない表情を、よそ者の私にも向けてくれた。

断捨離の旅　3

ホテルの部屋に戻り、朝食を済ませた。客室にあったインスタントコーヒーを飲み、再度窓を開け、風を入れて横になった。

いつしか寝てしまう。三〇分も経っていないが身体が軽い。「いくよ」と自分に声をかけ、歩いて博物館に向かった。大きな屋根の博物館は厳原のランドマーク。迷う心配はない。入場券を買い、パンフレットをもらい、係員に案内されて展示室に向かう。私の後ろに五人が続く。対馬の暮らしや宗家の来歴、そして朝鮮通信使の行列をゆっくり学習する。

通信使の一行は四〇〇人以上。釜山から来て一カ月ほど滞在したと書かれている。朝鮮からの使節は国を背負い、命をかけて海を渡った。一方、対馬藩は使節一行を迎えて帰すまで、やはり大変な苦労をした。ここ厳原では、毎年八月、通信使行列の祭りがある。
土産物コーナーでは、先に目にした、室町時代の作という鐘が表紙のメモ帳を三つ買った。蓮の花びらは見当たらないが、スイカズラやさざ波、そして流れる雲の上に、天女がうっとりと浮かぶ。
相手は食べ物よりも、小さくて美しいものが好きな人たち。その喜ぶ顔を思い浮かべつつ買い物を終えた。

博物館の中は、金曜日の一一時頃なのに閑散としている。外の風景を眺めながらコーヒーを飲みたかったが、探してもない。広々とした館内を完全に開放して憩いの場にすれば、町の人も旅の人も楽しめそうだが……これは単にコーヒー好きな私だけの思いだろうか。

そういえば私も、二〇一八年五月の岡崎市での祭りの時、通信使行列の一行として二時間半ほど街を行進したことがある。最初は一行を拍手で送ってから市内観光の予定だったが、行列に両班《リャンバン》（官吏）の役が足りないということで急遽、参加させてもらった。生まれて初めて朝鮮時代の男子が着た官吏服を着てみた。帽子や靴はとにかく重く、帯は大き過ぎる。先行する行列が順に出発し、私たちは午後、汗を流して歩き出した。

一時間ほどは歓迎の声に圧倒され、強い陽射しも気にせず歩けた。しかしアスファルトの舗装を決まった歩調で延々と歩くせいか、眠気が襲ってきた。歩きながら眠ることは軍隊経験者から散々聞いてはいたが、初めての体験だった。川からの風で目が覚めた。握手もし、「リー先生じゃありませんか」と、突然現れた知り合いからの声もあり、真昼の行進は愉快に終えた。後の懇親会で、たっぷりいただいたご馳走の味も最高。私は、珍しく二次会にも参加して歌まで歌った。音痴の自分を忘れるほど、楽しいひと時だった。

今さらだが私は、まず自分を褒めたい。男装という初めての体験にも、躊躇も抵抗感も皆無だった。これは実は、趣味がコスプレで、よく男装もする娘のお陰なのだ。つくづく娘の趣味を応援してきてよかったと思った。男装の自分の写真を眺め「また参加したい、次は名古屋祭りの通信使一行か」と、思いは膨らんだ。もちろん「足りない！　困っている！」との声が聞こえたらだが……。でも、裏方として汗を流した、あの時の岡崎市の方々、また二次会で財布の底まで見せてくれた先輩たちのことを思うと、まずは若い世代の参加を待つべきだと思い直す。そして私は、沿道から惜しみなく拍手を送りたい。

万松院に向け、通りを渡った。通信史たちは一年から一年半かけて、外交実務ほか多忙に交流をこなしたという。先人たちの苦労には頭が上がらない。当時の朝鮮では、清への使節に選ばれると喜ぶが、日本にゆくことになると家族が泣き喚いたらしい。未知の列島との往来や儒教的先入観による不安もあったろう。

宗家代々が眠る万松院で、三七代当主・宗武志《たけゆき》の墓前にしばし立つ。時代にもまれ胸の内の多くを語らぬ生涯で、前妻・徳恵翁主は韓国の洪陵、父・高宗の墓近くに眠る。各々、平和に眠ってほしいと祈念した。

万松院から道を下り、雨森芳洲の眠る長寿院へ向かった。それほど遠くなく、二〇分歩けば入口だった。ただしここからが大変。細い山道を一三分上り、墓所に至る。飾り気のない質素な墓前に立った。汗が消えてしまうほど、気持ちいい風が通る。鳥のさえずりが「先生！　リーさんが名古屋からきてますよ！」とも聞こえた。

雨森芳洲のことは、雨森先生と呼ばせていただく。先生の業績については、日本に来て間もない頃に聞き、その生き方に興味と敬意を抱いた。しかし私は、あるニュースに触れて以来、長い間、目を背けていた。

一九九〇年に日本を公式訪問した盧泰愚《ノテウ》大統領が、宮中晩餐会で「朝鮮との外交に携わった雨森芳洲は『誠意と信義の交際』を信条としたと伝えられます」と述べた記事だ。これを読み、そのノテウという名前に心が凍り、どうしようもない気持ちになった。私には、耳を塞ぎたい人物だったからだ。

軍事政権末期の大統領「ノテウ」といえば、私たち教師一八〇〇人を北のスパイと関わったと決めつけて解雇した張本人だ。この個人的な怒りは、四年半後の金永三《キムヨンサム》大統領の時に復職となったあとも、心の引き出しから飛び出してくる。

へそ曲がりの自分の心は、たとえいい事実に対しても、誰がそれを言ったかに左右され、肝心の内容を知るチャンスを失っていた。

しかし四半世紀を経てチャンスは再び訪れた。名古屋韓国学校の日帰りバスツアーで「東アジア交流ハウス」へゆくことになり、参加希望者は大型バス二台で、滋賀県高見町にある雨森芳洲生家に向かった。そこが「交流」の場として使われており、こうして私は、初めて雨森先生に出会うことができた。

朝鮮語を学び、朝鮮を理解しようと釜山におよそ三年間滞在した先生。通信使を江戸まで二回も護行し、著書『交隣提醒《こうりんていせい》』で「誠心とは、互いに欺かず、争わず、真実をもって交わることである」と説いた。

学生たちと生家の前で団体写真を撮りながら、私は今まで入口で邪魔されていた、ある時代の影をまた流し去ることができた。それ以来、近世の交流史を話す機会があるたびに、言行一致の道を歩もうとした雨森先生のことを語ることにしてきた。

対馬に行きたいと思った時、雨森先生の生き方に敬意を表す気持ちは自然と芽生えていた。いざ来てみると、その道のりが簡単すぎて物足りなくさえ感じられた。先生は高見町から京都、江戸、長崎、そして八八歳まで住んだ対馬へと、汗と共にたゆまず歩んだ。

私は墓のまわりを歩き、「六一歳で『交隣提醒』を書いた先生！　詩を詠《うた》い、万葉集も研究なさった先生」と呼びかけた。「実は以前、刈谷市の教育大学で、講義後に私のもとにそっと来た学生は『リー先生！　私の母の元の苗字は雨森です。母からも聞いたことがあります』と胸を張って話してくれました。私も『誠信』の言葉をいただき、歩みます」と告げ、一歩一歩、山道を踏みしめて降りた。

人通りの少ない真昼の町をぶらぶらと歩き、土産物店に入る。しかし、これといったものがない。どうしても渡したい何人かが思い浮かび「困った」と思った。あきらめかけた時に目にとまったのが、対馬名産の「孝行芋《こうこういも》」だ。明るい紫色のサツマイモが対馬の地図の形になった表紙に、八八日間熟成した甘芋だと書いてある。昔も今も坂道や石は多いけど物産は乏しい。知恵を絞って生まれたこの芋を買うことにした。

今、三月三一日が暮れてゆく。正確には暮れるのを、部屋で待っている。金沢に送る絵葉書を、書けずにいるのだ。

義母《はは》は、二〇二一年秋にあの世へ旅立ったが、家族は誕生日を、変わらず記念日として大切にしている。恐らく昨日から、夫は金沢にいるだろうし、娘二人は電話で挨拶をしたと思う。旅に出る前に「私は、おじいちゃんに対馬から葉書を出す」と家族に伝えてあった。

江戸時代に両国の間で「飛び石」の役をこなした対馬に来ているとまでは書いたが、そこから先はうまく進まず、ボールペンで書いた字も可愛くない。諦めて、名古屋に戻ってから考えることにした。

夕食は、八月の通信使行列が通る川沿いの店でいただいた。店の数が限られた中で、再度、対馬産のイカを食べられたのは幸いだった。裏道には小さなスナックや居酒屋が、点々と薄い灯りをつけている。地元の人たちは、もしかしてそこで夕食を済ませて歌と「一杯」を楽しむのだろうか。入ってみる勇気はなかった。「だって私の歌はひどいもの」と自分に告げ、裏道から戻り、再び川沿いに立ってみる。真夏の祭りの日までに、木々が伸びてくれることを、花壇も元気でその日、行列の参加者たちを迎えてくれることを願った。

翌朝、同じ時間に起きて町へ出た。市役所の前の小道から坂を上る。自分がまるで前々からこの土地の一部だったかのような錯覚が付いてくる。左手には、まだ寝ている港が見え、右手の家々は静かに息づいている。坂の勾配が厳しくなっても、ゆっくり空気を味わいながら歩いた。

六分ほど歩くと、そこにあるのは西山寺。この藩の目付け役や通信使一行が滞在したところだ。宗家としては、気を遣うところだった。まわりの静けさに圧倒され、中を覗くこともせず離れたが、ただ寺の前から見渡す厳原港や、空と風を満喫した。

右手の坂をさらに進んでみたい、という一時の誘惑も感じた。上り切ったら海が一望できるだろう。しかし昼には船に乗って戻らなければ……。

「よし！　次の旅では福岡から船で釜山に行こう。そこから比田勝《ひたかつ》港に入って、再び厳原に来よう」と自分に言い聞かせ、ホテルに戻った。


福岡までは快速船で二時間ほどだった。とりあえずホテルで休んだ。先輩との待ち合わせは六時。ホテルを出ると陽気な雰囲気に浮かれ、明るい道を四〇分ほど歩いた。先輩とは繁華街を離れ、住宅街の小さな韓国家庭料理店に入った。インテリアはあまりにも清爽で、どこか冷たい雰囲気が漂う店内。この店の常連だという先輩が、韓国人の若い夫婦が営んでいると説明してくれる。「コロナの三年間は何とか生き延びたけど、まだまだ客は戻っていない。ひとりで食事する時は、できるだけここで食べる」と。その時間、他に客は二人だけだった。

対馬で韓国食を食べなかった私は、たっぷり食べるつもりだったのだが、食は進まなかった。それくらい淡々とした雰囲気だったのだ。

帰りも歩いた。夜空を仰ぐ露天風呂で、感謝の気持ちを名古屋の家族に送る。ひとり旅に「どうぞ！」と言ってくれたのだ。そろそろ一〇一歳を迎える元気なソウルの母にも。明日の夕飯の約束は五時。それまでは、気ままに裏道や小路を歩こう。

＊後日付記

小説『最初の朝鮮通信使・李芸《イエイ》』を書き、映画作りにも深く関わった金住則行《かなずみのりゆき》先生に偶然、列車で会ったことを思い出した。高山市の、韓国文化を紹介する企画「コリア・ウィーク」に、有難くも私は招待され、韓国の生活文化と社会について話をした。

翌朝、名古屋に戻る時だった。真冬でとても寒かった。列車の中で話すことになったきっかけは忘れたが、この町が好きで東京からよく来るという金住先生は、李芸のことを教えてくれた。恥ずかしいことに初耳だった私は、家に帰ってすぐに調べた。

彼は一五世紀の人物で、七一歳まで四〇回以上日本に来て倭寇に拉致された六六七人を連れ戻したという。先生に感謝のメールを送り、小説を買い、一読した。先生はもうお忘れかもしれないが、私には大きな学びだったその出会いに、一期一会という言葉を実感した。次回の対馬旅行では、李芸の業績を顕彰した碑があるという円通寺に行きたい。

断捨離の旅　4

翌日は名古屋へ戻ることを意識してか、朝早く目が覚めた。お茶を飲み、象の顔のついた小さな黄色いショルダーバッグに、スマホと一〇〇〇円札一枚を入れた。自分の退職祝いに買った、唯一の品だ。手に取るたびに「象さんのようにスロースローライフ！」と自分に言い聞かせる。最小限のものしか入らないので、朝の散歩にピッタリだ。アウトドア用品・モンベルのセールで買った、紺色のズボンと白い百合の咲いた緑色の半袖シャツを着た。でもまだ外は暗い。ホテルにあったバイブルの『詩篇』と韓国詩「朝　아침《アチム》」を朗読した。

한 번도 같은 적 없다 늘 새로운 얼굴로 하루의 문을 연다 둥둥 소리없는 북으로 세상의 잠 깨우며 온다（一度も同じだったことはない。常に新たな顔で一日の扉を開く。

トントン、声なき太鼓で世の眠りを覚ましつつ来る）

ここ二年間、起きたくない寒い朝には身体を起こし、短く語るようなこの詩を音読することにしていた。すると真っ暗な冬の朝、一日の始まりが無理なく迎えられた。詩集を出すたびに、韓国では無用で無名な私にまで送ってくださる趙成淳詩人に対し、今、しみじみと感謝の想いが湧く。

薄い長袖のカーディガンを羽織り、「朝」の詩と共に出かけた。南の地方といえどもまだ肌寒い。けれどアンダンテの足どりで、慣れた町並みを楽しむ。港と空港、そして繁華街が無理なく歩ける範囲にあるこの町。その魅力を気兼ねなく堪能する。川を渡って裏の小路に入る。コロナの流行前に来た時は、古い民家や長屋を壊してこぢんまりしたホテルに建て替える最中《さなか》だった。それらは、この大変な三年間を生き延びただろうか……と気になったが、暁《あかつき》の今、目立つのは概ね大きなホテルばかりだった。

出勤ラッシュが始まる前にホテルに戻り、露天風呂にゆく。どうやら私が初入りらしかった。次の人が来るまで湯の中で過ごし、インドネシア人スタッフの案内と指示に従って、野菜たっぷりの朝食ビュッフェを楽しんだ。食堂には、日本語より中国語、韓国語、英語などの会話がBGMとなってゆったりと聞こえていた。

昼の散策は、ノートパソコン持参で出かけた。天神駅まで歩き、ザクロの実とハーブをブレンドしたお茶箱三つを買い、渡す顔ぶれを思い浮かべて布袋に入れた。陽射しを避けて喫茶店に入った。久し振りにパソコンを開き、追われながらではなく、落ち着いてメールを読んだ。少なくなったメールの量と用件に快適さを実感する。

今も「アナログ」が大好きだが、家族から「ママ、そろそろいい加減覚えて」と、また後輩の教師からは「リー先生って、いつの時代に住んでいるんですか？」と散々言われて来た。しかし「私、デジタル難民だから」と開き直って言い訳しつつ、ツールを詳しく覚えることを図々しくも避けてきた。私の方針は「アイデアを出す、企画が私の仕事。デジタルには頼らない」だったが、好きなことを優先し、苦手なことを避けていたようだ。忙しいさなか、顔に出さず何回も説明してくれた先生たちに、こんな離れたところで「今までの恩恵は忘れません」と胸に手を当てて告げた。

さて、私の得意とすることは、一〇代では短距離走りとスピードスケート、ソウルにいた二〇代は朝のジョギングだった。山々に囲まれたソウルで、春秋には小高い山に登ったりもした。日本に来てからは長らく忘れていたが、二〇一三年一月からは、朝のウォーキングが一日の大事なルーティンである。

二本の脚は、私にとって唯一の資産だ。太陽と空気と音の世界を楽しみ、身体を動かすのが性に合う。もちろん、面白い本なら集中して読破する。しかしＩＴには興味がない。座ってパソコンに向かうとか、スマホでゲームするとかは至難の業だ。

そんな私だが「経歴断絶期」、子育てでほぼ家にいた頃、私は「韓国味ごよみ」という小さなオンラインショップを経営したことがある。わりと評判はよかった。

ある時期、「竜の鬚」という菓子の注文が殺到したことがあった。明洞や仁寺洞などでの実演販売が話題を呼んだようで、日本に戻ってからまた食べたくなった人や、

「ソウルで流行のお菓子を食べてみたい」という口コミが広がった。

朝起きてパソコンを開けると、パニックになりそうな注文が一〇日ほど続いた。たまたまソウルから来ていた母にも発送作業を手伝ってもらった。教職や学校に憧れがありながら教育現場と無縁だった母は「こんな仕事がしたくて復職を拒んだのか」と寂しげにこぼした。パソコンに座り、見えないお客様に延々と「注文ありがとうございます。発送致しました」などの文章を打つのが辛くなった頃、前述したママ友からの勧めがあり、それをきっかけにして「学校」に戻れたのだ。

学校では、書類や文章作りは事務担当者がやってくださる。さほど好きでなかったパソコンと親しくなる機会は、さらに遠のいた。

でも状況は変わった。これからの仕事は、ひとり歩きの商いのような側面がある。自分でパワーポイントを使って資料も作成しないといけない。ただラッキーなことにツールも進んでいる。いろいろ触っていると、不思議にできてしまう。娘たちの「クール」で早口な日本語の説明に耐えながら、今の時代、最小限のツールにだけは慣れてゆこうと決めた。

ホテルに戻り、厳原町の部屋から持参したインスタントコーヒーを飲み、横になって読みかけの小説『影裏《えいり》』を読む。断絶の時代に、人と人の関係について改めて考えさせる文章が痛く、やはり美しい。映画にもなったので、作家と監督の個性を比べてみることも期待できそうだ。

夕方五時には、先輩と後輩に会う約束だ。後輩Qは福岡を訪れるたびに会ってくれ、これで三回目になる。

四時半頃に街に出た。渡辺通りを真っ直ぐ歩くと、私の足で一〇分の距離にある釜山カルビーの店に着いた。が、待ち合わせには早すぎたので、裏道に入りあたりをひと回りして戻った。ちょうど五分前だった。二階に案内されると、すでに二人は席でメニューを見ていた。

後輩Qとはほぼ三年半ぶりだったが、直ぐその時間の隔たりを忘れ、まるで昨日会ったばかりのように話が弾んだ。

Qは、東京に留学して語学学校に雇われ、社長の仕事をした。またNHK文化センターで韓国語講師も経験している。一三年前にゆったりした場所として福岡を選び、移ったそうだ。福岡で今は、物流関係のプロジェクト開発をしていると聞いた。日本語がこの上なくきれいな韓国人というと、Qの顔を思い浮かべる。ビジネスの詳しい内容は忘れても、滑らかな口調だけは耳に残る。

私は昼が遅かったので少なめにしようと思ったが、カルビの美味しさに食は進んだ。二人はこの店の常連だと言って、若い店主は色々なおかずをサービスしてくれる。私はてっきり釜山の出身だと思い、韓国語で「사장님《サジャンニム》！　아주 맛있어요《アジュマシソヨ》！（とても美味しい）」と店の味を褒めた。二人は大笑いし、彼は日本人で釜山に料理を学びに行っていたのだと説明してくれた。若い店主は、私の間違いに気をよくして、さらにサービスの皿を運んできた。

愉快な気持ちで「明日帰る」ことを忘れていたが、先輩がLINE《ライン》を見ながら「今、下にVさんが来てる。会ってきてよ」と言う。

風の強くなった玄関前に、白髪のVさんが立っていた。私は嬉しくて「明日帰るから、夕食一緒にいかがですか」と誘ったが「すみません、別で約束があるんです。これ、もらってください」と手渡されたのは「晴好《はるよし》」だった。対馬にゆく前、三月二九日に会った時も話題になった日本酒で、先輩とVさんと彼らの地元の友達が、ボランティアで作っているもの。思わず両腕で彼女の肩を抱いてしまった。豊田市に親戚がいる彼女に、けっして社交辞令ではなく「名古屋にも、ぜひ遊びに来てください」と言った。

「お土産はほんの少し、軽いものだけ」と、気を配ってきてよかった。日本酒一本は重いけれど、何としても名古屋に、大事に大事に運ぶのだ。

今のプロジェクトが終わったら「言葉の教室」を開きたい、とQが言う。給料を払える状態になるまで頑張り、私を福岡に呼びたいと、嬉しい夢の提案をしてくれた。私は酒席での話を真に受けて、早めの退職を決めたことを説明した後に「私の助言など要らないと思う、夫婦揃って才能と情熱もあるし……ともあれ、今のプロジェクトの成功を祈るよ。そして福岡にいる、まわりの人材活用もね」と言った。外国人にとって、日本語や韓国語を体系的に学べる学校が福岡にあれば、それは素敵なことだ。

後輩の長年の夢が少しでも早くかなって欲しいと、祈る気持ちになった。

　店を出て、三人で風に吹かれ、在来市場の方へ歩いた。市議会議員選挙が近々あるようで、街角に力強い演説の声が響きわたる。

　初めて福岡に来たのは二〇一四年の一二月だった。新しい市長が斬新なことを実践し、人口も土地の値段も上がっていると二人は満足していた。夕方の五時半頃、クリスマスツリーを飾った市庁舎のまわりに夜市が立ち店が並ぶと、私たちはそこでホットワインを飲み、夜店を覗きながら、閉校となった空間を若手のスタートアップ事業に開放している場所まで歩いたのだ。その時より今、さらに多彩な陽気に包まれて、この街は広がっている感じがした。


　市場に並んだ店の中で私たちが入ったのは、立ち飲み屋だった。三時までは野菜を売り、その後、準備して飲み屋に変身するという。三〇代後半に見える女性店長に「つまみ二つと二杯で一〇〇〇円」のコースと日本酒一杯を頼んだ。先の満腹の夕飯はQが払ってしまったので、ここはいくら旅人でも私が出番だ、と思った。私は野菜の台に、Ｖからもらった日本酒「晴好」を置こうと左の壁を見てびっくりした。大きな自販機が三台あり、ほとんどが冷凍の生肉だった。遅番帰りの人たちが、店じまいなしのここに来て買ったりするのだろうか。

しばしの間、立ったまま愉快に飲む。スペインのバルにでも入ったようなひと時だった。今は地元の客が主流だそうだが、物好きな旅人も増え、テキパキ働く彼女に笑顔が増えますようにと願う。またの時には夕飯を少なめにして寄りたい。

二人には仕事の打ち合わせがあったので、渡辺通りからはひとり、歩いてホテルに向かった。ホテルでは続々と来る大型バスの轟音と、風に乗って聞こえる韓国語やアジア、欧米の外国語の中、ロビーを横切り、九時前に部屋に戻った。

「明日の午後にはもう名古屋！　どんな四月になることか」と、露天風呂から星のない夜空を見上げた。五日の栄での仕事の準備は終えたから、あとは確認だけだと自分に言い聞かせた。そばに飲み物や音楽があれば自分の別荘に来ている気分だろう、と想像して長湯する。誰もいない夜の時間が流れる。

荷物の整理をすませ、穏やかな気持ちでＳＮＳを見る。カカオトークは韓国語、LINEは日本語の通信手段。仕事関係の連絡はメールにしてあるので、寝る前でも重荷にならない。膵臓の病気で仕事を辞め、治療しつつハーモニカやバンドのギターを楽しむ教え子Ｃと、互いの近況や思い出を話した。

二〇一九年八月の、ソウル短期留学のことを思い出す。八日間、学生たちと建国大学の寄宿舎に滞在したが、その時、気温は連日四〇度を超えていて、夕方になっても下がらなかった。昔の教え子三人に久々に会うことになっていたが、暑くて外に出たくなかった。引率者としての仕事はするけれど、他は意欲をなくしていた。会いたい気持ちまで奪う、そんな乾いた暑さに当惑して時間が経った。携帯電話が鳴った。

「선생님《ソンセンニム》！（先生）、今、店の中にいます」という声。

ハンカチを濡らして絞り、首に巻く。丘の上の宿舎から街に降りた。私にとってその一帯は、高校時代から手のひらの上のような場所だった。大きな池を迂回し、校門を出ると「建大入口駅」がすぐ。八分ほどで着いたのだが、教え子のＣとＬとＺの三人は、相当の時間をかけ、汗を流して来ていたはずだ。

私たちは再会に乾杯した。遠路を厭《いと》わず駆けつけてくれた三人に対し、さっきまでの臆病な自分を、こっそり反省しつつ。……なかなか終わらない真夏の思い出に囲まれて、やっと眠りに落ちたようだ。

いつもと変わらず、早朝、ホテルのまわりを歩いた。少なくとも今年中は、ここ天神と天神南は歩けない。来年も分からない。朝の風と空気を意識してひたすら歩く。

私がいくらケチでも、後輩Qがこの地で「言葉教室」を開いた時は、必ず祝いに飛んでこよう、と思う。二〇一四年一二月、最初の福岡旅の時、刑務所跡地を一緒に探した記憶がそうさせる。共に食べた牡蠣《かき》や鯖《さば》の刺身も忘れがたいが、寒風の中、黙々と歩いてたどり着けたのは彼のお陰だ。私ひとりだったら諦めていただろう。先輩とQと私でその跡地に立ち、尹東柱を偲んだ。あと半年で八月一五日だったが、今だに正確な死因は分かっていない。

「近年は命日にここで、彼を偲ぶために集まって彼の詩を一緒に読んでいるよ」と先輩が言った。そのあと不思議な繋がりによって、韓国の大学と共催で、愛知韓国人会館で「第二回日本尹東柱詩朗読大会」を開き、多くの学生や地元の方たちと思いを共有できた。東柱詩人の親戚に当たる歌手も来て、逸話や歌も披露してくれた。忘れていた大切なことが、ひとりで歩くと靄のように湧き上がってくる。

二回目の福岡では、八女《やめ》市の山奥で初めてお茶をいただいた。電車とバスで辿り着いて玉露を飲み、感激して、以来、家で飲むお茶は八女茶になった。

天神南駅近くの八女本舗は、開店の一〇時前から行列のできる店だ。その日に採れた野菜や餅を求めて来た人々の中に、私もキャリーと共に立った。古代米とつぶあんでできた、ハーフサイズの餅四つ入りを機内食用に買い、先輩が教えてくれた、ちょうどいい甘さを満喫しつつ名古屋に戻った。

私の「五泊の不在」を、名古屋も家も、ちっとも困っていなかったようだ。私が、今、スッとあの世に行ったとしても同じだろう。まあ、有名人じゃなくてよかったと感じる。今日の一日をそっと分け合い、大声で笑い、大股で歩き、眠る。そんな満ち足りた時間だった。留守中に溜まった洗濯物や紙箱を片付けながら、その隙間を歩き、終わった旅の荷物を運ぶ。

対馬で書いた絵葉書に住所を書いていた時だった。午前中に見た箱の中のA3サイズの紙三枚を、再度、ふと手にとった。一九九〇年から一〇年間の寒中見舞いと年賀状を見やすく配置したカラーコピーで、二〇二一年の春、義母が送ってくれたものだった。

あの頃は、コロナの状況下、長らく会うこともできず、電話と手紙で近況を確認し合っていた。コピーは、届いた日に読み、しまっておいた。夏から彼女の病状が悪化し、家族だけが見舞いを許された。義母は私に「…来てくれてありがとう」と、途切れ途切れに言った。また聞き取れない言葉の中で「…社会活動、は、大事…」と言った。ほんの少しのご飯粒とホウレンソウを湯がき、韓国風に和えたものを、ティースプーンに載せて彼女の口に運んだ。

薬のあと「バナナとヨーグルトが食べたい」と言われ、ままごとのように小さく切ったバナナとヨーグルトを同様に口に運んだ。頬を初めて触った。乾いた両手をゆっくりさすった。かつて六人の孫たちに、小さなスプーンで食べ物を食べさせていた元気な彼女の姿がよみがえり、いたたまれなかった。眠りに入るようすを見ながら、私も畳の部屋でうとうとした。

列車「白鷺」に乗って名古屋に戻る間、彼女に迫る死の川の波濤を感じつつ、「どうかあまり苦しまないように」と祈るしかなかった。二日後、暁の頃に眠るように逝った、との知らせが来た。外国から来た嫁というより、ひとりの人間として接してくれたことに深く感謝した。

再びコピーをじっくり読んだ。二〇一八年の「迎春」のはがきに、前年秋、対馬に行き「鎖国時代の日本の、唯一の国際交流相手国……雨森芳洲の墓や、客館跡も見学しました」と書いてあった。きっと旅に出る前にも話してくれたと思うが、私は聞き逃したようだ。彼女が歩いた対馬の厳原に私も行けたことが嬉しかった。私は日本の家の「仏壇」には馴染みがないが、義母の魂が宿る仏壇に置かれることを願いつつ、義父に葉書を出した。

空港からの帰路、地下鉄の座席でも船に揺られている気がし、伏見駅の長い階段では万松院の石階段を上っている心地だった。身体は、まだ旅から戻っていない。荷物の断舎離はしたが、しまい込んでいた想いを嵩増しして連れ帰ったのかもしれない。

清水山城の三の丸で流れた雲や、朝、ベランダで見る雲は、私に「生也、一片浮雲起　死也、一片浮雲滅」（서산대사《ソサンテサ》）と語っているようだ。一六世紀の朝鮮の僧・西山大師の詩の一節だ。自分も浮雲に過ぎないとあっさり認め、でも、どうせなら一瞬でも、空を彩る雲がいい、と思う。

モンゴル、バンコク、カシミールで、声なきボランティア活動を続けていた義母の生き方を思い出し、讃える。韓国では自分の家族を自慢する人を「팔불출《パルブルチュル》（八不出）」と呼ぶ。「義理の母親だし、生きるヒントを最期にもらったのだから、自慢してもいいよね」と自分につぶやいた。いただいた言葉に相続税は無いので、大いに安心だ。

第3章　小さな時間のおすそ分け

時間のおすそ分け

五月下旬の金曜日、豊橋の大学から帰り、横になって休んだ。地下鉄とこだまでの移動と講義室での三時間を合わせた分の、肉体的な疲労があった。一時間ほど休んだあと、メールを開けてみて「やったーっ！」とウキウキの声が出た。お誘いが来たのだ。

「外国語で楽しむ絵本の会」からだ。六月三日の活動に参加できるか？ とのこと。実は三年前に名古屋国際センターに寄った時、この活動を知り、その会に韓国語の朗読者として志願する旨のメールを送っていた。返事は「今のところ間に合っている」。その代わりに空きがあった「地球市民教室」に私は登録して、主に中学、高校に行き、教室で文化と歴史のことを話すボランティア活動を始めた。

しかしコロナの波が激しかった時期には、「地球市民教室」の全ての活動が止まってしまった。その後、今年三月になってやっと動き出し、研修にも参加できるようになった。その活動も有意義なことだが、興味があるのはやはり「絵本の会」だった。「地球市民教室」には、人手不足で困っている時に参加すればいいと思った。

そこで再び「絵本の会」に、最近の状況を確認すると、ちょうど二人、欠員があるとの返事が来て、さっそく友人を誘って見学をし、登録した。南アフリカから来ている方がお国の絵本を読み、日本人が通訳した。赤ちゃんを抱っこして聞き入るパパとママ、パパと子供、低学年の子供たちも物語に耳を澄ませている。幸せな空間で私たちも楽しめた。私たちはその輪に期待をし、国際センターにある絵本も見て回った。

さっそく友人は、韓国の家族に連絡して絵本を送ってもらった。彼女の家で絵本の品定めをし、「絵本の会」に少しばかり寄贈したい、とメールした。私にも、という彼女の言葉に甘え、私自身も二冊いただく。

まず昔話を詩人の言葉でシンプルに書いた絵本『孝女・沈青《シムチョン》』を食卓におき、眺めてみた。大きな蓮の中から人が現れる絵に、まず私が癒される。この本にしようと心に決め、会から声がかかるのを待つ。

数日後、「六月三日（土曜）の午前中、中村区図書館で」と、当日の説明がメールできて、すぐ参加の返事をした。大いに嬉しい！　聞いてもらえる場が与えられ、自分が幼い頃に読んだ物語を、この地で共有できる。友人の方は五月の予定が決まった。

昨日は、通訳者からメールが来て、近いうちに会って当日の準備をすることになった。こうした時間があることも嬉しい。やはり仕事を減らしてよかったと、つくづく思う。少しでも楽しい時間のおすそ分けができる今の状態が続くように願う。

そういえば先月（四月）の二九日、ソウル大学で一年半、韓国語を学んできたDさんと、富山から来て仕事をしているUさん、子育てとパートの合間に韓国語を学ぶIさんに会った。飛騨牛のお肉屋さんが営む食堂で、とろけるような牛肉を楽しみつつ、互いの近況報告をした。

Dさんと私はとりあえずビールを頼み、昼の一一時半から盛り上がった。IさんとUさんが何を飲んだかは憶えてない。でもグラス一杯で、何倍もの幸せの泡が溢れる時間だった。

ソウルでの、コロナ禍の中での学びと暮らしを聞きながら、私たちは熱くなった。三人は「今、リー先生が一番元気そう。さっき店の外で見た立ち姿、すごくきれいだったよ」などと大袈裟にほめてくれた。春からの時間の使い方は？　という質問には「Cooking・Reading・Walking・Writing」、この四つのことに時間をかける。そして少しずつボランティア活動に加わりたい」と答えたが「ほら！　私って子育ては終わったからさ、まずは自分のためになることをしたいの」と私の口から「ほら」とか「さ」とかが、自然に出てきた。

Dさんが二月に、ある韓国映画に字幕を付ける仕事に関わったという話で盛り上がった時に「そろそろ、お時間です」と、店員から声がかかった。この店のランチのルール「二時間」が、あっという間に過ぎたのだった。八分ほど歩いて喫茶店に入り、話の続きをした。字幕の仕事の大変さと美味しいところも聞けた。映画の最後に彼女の名前が出るのだ。やはり映画は終わっても、最後の最後まで見るべきだ。

三年ぶりの再会は愉快だった。私たちは、学校で水曜日の夜、七時のクラスで出会った教師と生徒たちだったが、これからは韓国文化を楽しむ気の置けない仲間として付き合いたい。

送別会では彼女たちが奢ってくれたものの、気兼ねなく次も、その次も時々会いたい。次にはその勘定に私も入ると宣言した。年が近いと楽しいものだな、とその日、初めて感じた。帰り道は小雨だったので、私だけひと駅歩いて地下鉄に乗った。上下関係のピラミッドの枠から少しずつ飛び出しているという気持ちが萎んでしまわないように、微笑みもそっと一緒に連れ帰ってきた。


折りを見て『孝女・沈青《シムチョン》』を開き、声に出してみる。図書館の憩いの場に集う人たちと、裏方で勤しむ方々と共に、一期一会の場を共有できる――そう思うと、練習にも気合が入るのだ。

ひと時を、ユーモアと温もりを分け合う方へ歩む。冬、「バーンアウト」が私の元に訪れたが、春の訪れと共に、少しばかり時間のおすそ分けができるようになった。意識転換ができた証拠だ。私は、冬の私に別れを告げた。

シルバー色の友情も

大学で第二外国語として韓国・朝鮮語を教えているが、なかでも「自由会話クラス」が飛び切り面白い時間なのだ。クラスは九人。韓国に留学していた学生、留学希望の学生が中心で、韓国語で話す。

毎回テーマを決め、学生が発表し質問を交わす。私は隅で記録する役で、時々難しい言い回しを分かりやすく直す程度にしている。すでに五回を終え、順調だと自負しているが、最初は互いに遠慮して話も弾まず、質問もないに等しかった。

そこで私は宿題を出した。「皆さん、私に、私が答えにくそうな質問を三つ考えてください。全員です」。

私が予想した質問は以下の通りだ。

「整形の見積もりをしたことありますか」

「時間講師（非常勤）の仕事は幸せですか」

「骨はどこに埋めますか。韓国か、日本か」

「住宅ローン返済は終わりましたか」

「家族との意思疎通は、うまくいっていますか」

「ソウルのお母さんに、仕送りなど親孝行していますか」

次に、それに対する回答を韓国語で書き出した。

「見積もりは、怖くてしたことない。でも私は性格美人だから満足している。言葉も達者で外見も美人なら、嫉妬され、気が重くなる」

「いまのところ、骨は愛知の、どこか樹木の下に埋めてほしいと伝えてある。身ひとつでソウルから来たので、アレキサンダー大王のように身ひとつで逝きたい」

「ローンはある。それは私に信用がある証拠。細く長く現役で労働し、ローンと共に歩む」

「娘たちとの意思疎通のため、ＢＴＳの曲もNewJeans、ルセラフィムも聴くが、ゲームだけはハードルが高い」

「百歳の母は、今だに仕送りにうるさいので（笑）、送っている。僅かだけど」。

しかし世代の隔たりは深かった。私の想定は見事にはずれた。

実際に受けた質問は、

「ソウルから何故、名古屋に来たのか」

「日本で違和感を覚える時は」

「結婚のプロポーズの言葉は」

「初恋の人に会いたいか」

「思い切って告白したことは」

「婚前旅行は」などなど。

質問攻めに汗びっしょりで答え、講義時間の九〇分はあっという間に過ぎた。

帰り道、歩きながら質問と答えを思い返した。答えにくいことを、分かり易い韓国語を選んで話すのは至難の業だ。特に最後の質問。それは「男女の友情は、あるのか」というもので、甘く、色褪せないロマンティックな香りの質問だ。大切なものだけに自分だけの香りにしておきたかったが、人と関わることを躊躇し、受け身の姿勢でただ待つばかり――という女子たちの暗黙の雰囲気に、私は敢えて物申したくなった。「なんでそんなに消極的なの？　それじゃ、面白くないじゃないの！」

彼女たちは初々しい。しかし少し初々しすぎる。私の考えに共感するには少々無理があるとは思ったが、韓国語でこう言った。

「二十代での男女の友情は難しい。有り得ないと思う。私はたいてい先に告白したが、相手にその気がない場合には『今まで通り、友達で…よろしく…』となり、その関係を維持しつつ気まずい思いをするか、急いで別の恋に走ったりした。でも、やや長い道のりで考えた場合、特別な友情と呼べるものは、結構あると思うよ。あなたたちにとってはシルバー世代の友情かもしれないけど」と。

実はこの時、自分のことではなく、私はHさんのことを思い浮かべていた。Hさんは先に述べた通り、私の恩人だ。

大学院に入るため、彼女の家・H閣を出てからも年始の挨拶や電話、葉書での交流は続き、大学院二年の時、友人二人を連れて週末のランチにも行った。食後、友人が広間でお茶を飲んでいる時、私は離れの縁側でHさんに近況報告をした。その時、「タカコ！　この方、もしかして聞いたことある？」と漢字の名前を見せられた。よくある韓国人男性の名前で「さあ、知らないです」としか言えなかった。

二〇〇七年十月、非常勤講師として韓国学校で働き始めた頃のことだ。Hさんから「タカコ！　家に来て！　明日よ」と興奮気味の声で電話があった。滅多にない急な誘いに翌日、何事かと大高駅で缶ビールを二つ買い、バスに乗った。ミチの保育園の迎えに間に合うように早く出たため十一時にはH閣に着いた。料亭はすでに閉店していて、従業員もいない。静まり返った広間でHさんの話を聞いた。「十年も前にタカコに聞いたことがあるけれど、覚えているかな」。私は「勿論ですよ」と答え、彼女は「そう、その人に会ったのよ」と言った。私は、好奇心を抑えつつ「取り敢えず乾杯！」と、缶ビールをたっぷり飲んだ。

「昨日ね、その方が訪ねてきたの。五〇年ぶりの再会よ」と、Hさんは以下のような話をした。

もともと彼は、韓国から親戚を頼って来日した留学生だった。東京の教会の聖歌隊活動で知り合った二人は、未来も共に歩みたかったが、両親の反対で遠ざかった。その後、Hさんは日本を離れ、ヨーロッパなど海外暮らしが続く。一方で彼は、国内外で事業にも成功し、憂いのない老年期を過ごしていた。ふと昔の恋人のことを耳にして連絡をとり、昨日、再会がかなったというわけだ。

私は、時間が気になった。「そろそろ、お暇《いとま》を」とお茶を頂くとHさんが「この本を読んでもらえるかしら」と韓国の本を取り出した。彼が出した自伝だという。一瞬「よくある英雄譚か。自慢話ばかりなら、読みたくないな」と思ったが、「私は韓国語が読めないし、五〇年代のことが、どう描かれているか知りたい」とHさんに言われ「読んでから連絡します」と答えた。もし退屈な自慢話だったとしても、青春時代だけ拾って読めばすむ。Hさんにとっては大事な人だ、と思った。

玄関に立ち、さようならの挨拶をしようとして、ピアノの上の薔薇尽くしの大きな籠に目がいった。「その方が着く三十分前にね、薔薇が五〇本入った籠が届いたのよ」と明るく、歌うような声で言い、メッセージカードを見せられた。本当に「五〇年の思いを込めて」と昨日の日付が記してあった。

人生の冬に向かって歩む二人の天晴れな行動に感動はしたが、現実に戻り、子供の待つ保育園に向かった。


帰宅すると夕飯を簡単に準備し、その自伝を読み始めた。

大学は卒業しても就職出来なかった彼は、親戚の小さな店を切り盛りしながら新たな挑戦を続けた。ある時、大きく拡張した事業が大失敗し、命を捨てるようなぎりぎりの崖っぷちに立たされたこと、周りの助けで再起できたことが、詳しく書いてあった。Hさんが知りたがった二十代のくだりでは、東京の劇場でフランス映画を観ながら西洋文化、特にファションや音楽に惹かれたこと、仕事も人間関係も厳しかったことが簡潔に書いてあった。

記述をそのまま、三日後に伝えた。Hさんは本を大事そうにしまいつつ「背も高く、ファッション感覚もあった」と昔の彼を褒めた。ピアノの上の薔薇は、まだ綺麗だった。

それから二つの季節が過ぎ、春が終わる頃、Hさんから連絡がきた。「タカコ！　明日の昼、名駅で会いたい」と。殆ど外出しない、したがらないHさんだったので私は驚き「はい、行きます」と返事した。Hさんは「一時間ほどお茶することになったの。猫を連れてはいけないし、タカコがお供して」と場所と時間を告げた。私は、「お誘い、ありがとうございます」と答えた。誰と言われなくとも、薔薇の騎士だと分かった。当時私は、中村区の学校で木曜日の夜間と土曜日の午前に授業があり、名駅は通り道だった。Hさんの言う「明日」は木曜日。日程としては好都合だ。これがHさんと二人だけなら気楽なんだが……。でも猫の代役でもHさんの役に立つのなら、と心を決めた。

艶やかな着物姿のHさんと駅で会う。エレベータで十五階まで行く間、七五歳を迎えてもきりりっと伸びた背筋に見とれた。

ホテルのコーヒーショップでHさんは、「タカコ！　あそこの紺色の方よ」と歩き出した。私はとぼとぼと従い、挨拶するHさんの脇に立った。紹介されると思ったが「タカコ！　自己紹介なさい、韓国語で」と言われ、ゆっくり名前とホームステイのことを言った。

コーヒーを待つ間に、自伝を読んだことも伝えた。その方は私に「Hさんの秘書のようなこともするのですか」と聞いた。私は笑って「たまにお茶は飲みますが、Hさんはあまり人に頼まない」と言った。コーヒー茶碗から目線を上げ、左にいるその方を窺い、そのまま右のHさんを見た。二人ともベテランの映画俳優のようで、ゆとりや輝きのようなものが感じられた。「ああ、これがオーラというものか」と納得した。一時間の滞在時間が弾む会話に乗って流れる。私は先に失礼しようと、次のことだけを言った。

「金浦空港で初めて会った時、ホームステイに誘われたのは、てっきり自分が可愛いいからかと思いましたが、Hさんは韓国人に対して、とてもいい記憶があったので、私にまでいい点数をつけてくれたと、今は感じます。あの時は、本当に助け船でした」。

七十代の峠を越えたように見えるその方と、Hさんの間に土産話の花が咲くことを願いつつその場を辞した。

その後は二、三回、共にお茶を飲んだとHさんから聞いた。店を閉めたHさんは、死ぬまでH閣で過ごした。

翌朝、町内会の防災器具庫のある鬱蒼とした道を通り、隣の町まで歩いた。電柱の蛍光灯の上まで逞しく這い上がる緑のツルが、見上げるようなところから私を見つけてくれる。花盛りを終えたスイカズラ（忍冬）だ。白く咲き、いつの間にか黄色に変わる妖精のような金銀花《きんぎんか》の花びらは、もう散ってしまった。長い冬と早春が過ぎ、季節は五月の下旬。私は「おはよう」と挨拶し、Hさんと薔薇の騎士のことを思い出す。

時々私は、Hさんは庭の桜の木に入ったのだろうか、と思ったりもしたが、その最後の最後は、広間を訪れた薔薇の人への想いと共に逝ったのだと、勝手に思って安心する自分がいる。

五〇年を経て間に合った「男女の友情」に、心から乾杯したい。

しばし蓮に酔う

今日は天白区の農業センターにゆく。もちろん歩きだ。遠足の気持ちで肩の力を抜き、高台を、眠くなるほどゆっくり降りる。自宅から一時間四〇分ほどかかるが、私の足は、ゆっくり歩いてもかなり速い。九年前からほぼ毎日、八〇〇〇歩くらいは歩いている。人と歩く時は気を配って速度を調整する。人間関係も歩きながら築く。車があまり通らない慣れた道では「後ろ歩き」もする。後ろの気配を意識しつつ普段よりゆっくり歩き、目に映るものを見つめる。

いつもセンターに着くと、真っ直ぐ売店に向かい、紫イモのアイスクリームを食べる。そしてブラックコーヒーを飲みながら、ひと回りして野菜販売所にゆく。「愛知産」を謳う同センター栽培のものを買い、リュックに入れて持ち帰る。しかしその日は、着いても駐車場ががらんとしていた。もしや、と確認すると、秋まで内部工事で休むという案内が貼ってあった。ガッカリしたが、気をとり直して大通り近くの「薔薇館」を覗いてみた。

庭の薔薇はまだまばらで、「本日貸切中」の案内が目に入った。「ああ、ついてない」。ため息と言葉が同時にこぼれ、「あっ」と思う。なかなか使う機会のない言葉が、絶妙なニュアンスを伴って現れた。心の中で何度も言ったことはあるが、ここぞという場面にぴったりの言葉を発し、スッキリした。スッキリはしたが、がっかりだ。

まあ、友達を誘わなくてよかった、と思った。気をとり直して裏道に入り、針名神《はりな》社を素通りした。大堤池《おおつつみいけ》に着いて草花や水鳥を眺め、どの道を通って帰るかを頭の中の地図と相談する。大通りを避け、住宅や畑の中の細道を選びつつ歩くと寺のすぐ隣の「蓮池」という交差点に着いた。

この周辺には細口池や荒池など多くの池があるが「蓮池」は、実際にはもう埋め立てられ、地名だけが残ったようだ。私は自分の住む町にはほぼ満足しているが、ただ気軽に歩いて行ける範囲に、うっとりするほどの蓮池はない。鶴舞《つるま》公園には、近くにスマートウォッチの似合う後輩が住んでいて、蓮の季節に行ったことがある。四方から騒音が響くが、蓮は凛々しく健気に咲いていた。今年は愛西市の蓮を見に行きたいが、それが無理なら地下鉄で鶴舞に行こうと思う。

本当は近くに隼人池があり、池の端にいくらか植えてあるが、近寄って見ようと思うほどではなかった。「そうだ、家に蓮子《れんし》がある」と気づいたのは去年、その隼人池の蓮の葉も枯れ落ち、底の泥が見え始めた頃だった。三日後、小指の爪よりやや小さい実八つを手に隼人池に行った。来年の夏に咲けば、と期待して泥沼に投げた。「エサやり禁止」とは書いてあるが「種子投げ禁止」とはない。気兼ねなく力任せに投げた。そして池畔を通るたびに、自分が投げた場所に立ち「来年が楽しみ！　私の言葉、聞こえるよね」と呟いたりした。ふんわり浮かび上がる乳白色の花びらを心に描きつつ……。

実はソウルにいた時、蓮の花に対して特別な想いはなかった。うす暗い裏小路の突き当りの壁の隅に「占」か「卍」という文字と、くすんだピンク色の蓮が描かれていたのは記憶にある。薔薇や芍薬《しゃくやく》、百合などに目を奪われる年頃だったと思う。陰暦四月八日の燃燈《えんとう》行列（仏様の生誕日）という最大の行事も、ニュースで見る程度だった。もちろん日本に来てから最近までもそうだった。

二〇一四年、六月の学校での講演会のために、四月から講師の先生とテーマやポスターなどの打ち合わせがあった。初めて会う先生の論文はもちろん読んでから行ったが、帰路は神妙な気持ちだった。心の半分は、自分の無知に対する恥ずかしさに赤面し、半分は終わらない学びと未知の世界への好奇心でときめいていた。その日まで、レンコンを市場や食卓で、日々見て、無論、食べてもいたが、それが蓮の茎だとは、なかなか結びつかなかった。

そんな私だが、講師を礼儀正しく紹介し、講演後の質問時間にもし質問が出ない時、自分が挙手することも仕事だったので、キーワードである「蓮」の文明史を理解しようと本も読んだ。普段は教室として使用される二つの空間が、講演会のためにつなげられ、一三〇人は入れる広い場所に変えられた。

二一日の土曜日、会場はそれほど宣伝しなくても人でいっぱいになった。四時に「ユーラシアの風、奈良へ――蓮の比較文化論――」の講演が始まった。日本では香典袋に黒く描かれた蓮、お盆飾りの蓮の葉、近世文学の心中物に登場する「一蓮《いちれん》托生《たくしょう》」の蓮は、どこが起源で、どのように伝わったかを講師の片茂永《ピュンムーヨン》先生が紹介し、フィールドワークの際の資料や現場の写真も見ることができた。質問も次々と飛び出した。「質問時間は一五分です。三名の方には記念の品を差し上げます」と司会者が言うと、競い合うように手が上がった。当然予め準備した質問はしなくてすんだ。

その間に、一階の調理室から韓国の濁酒・막걸리《マッコリ》が次々と運ばれた。理事会の理事たち、教師、学生、地元の人たちも、マッコリの紙コップを手にとる。「……乾杯！(건배《ゴンベ》!)」と、理事長の声が上がり、二次会が始まった。

講師と話す理事長の横顔に、子供のような笑みが広がるのを間近に見る。総会や理事会は、私にはなかなか馴染めない仕事で、彼らと対等な立場で話すのは苦手だった。しかし理事は全員、毎年、学校に寄付をしている。年齢も私より一〇歳は年上で、私と違って父母の世代から日本に住む大先輩たちだ。その隔たりというか、引かれた一線が消え、等しく学び、喜ぶ人間だと思える瞬間が、この有意義な集いのなかに訪れる。

濁酒だけではない。飲めない人にはジュースやお茶を準備し、つまみはハスの実の菓子を取り寄せてもてなした。北海道の菓子は高めだったが、講演のテーマにピッタリだったので、それを選んだ自分のセンスを、今も褒めたい。そう！　私はその日から暫し、蓮を偏愛した。それこそ、ほかの花や木々に詫びたくなるほどだった。

二カ月ほど経ち、講演会の参加者で愛西市在住のTさんの招きで、四人の学生と蓮を見に出かけた。蓮池というよりレンコンのプランテーションかと思う広々とした蓮畑を、Tさんの説明を聞きながら歩き回った。講演会で聴いた内容が思い出された。エジプトとインドから「蓮」というキーワードと共に中国、高句麗を経て、奈良まで文明が広がった。そして蓮の船に乗ってあの世に行けるという思想は、去る人にも残された人にとっても一縷の希望だった……。あの講演会の二次会が終わり、二階の廊下から運動場の脇を通って黄昏の正門を出てゆく人たちの背中を見つめ「私は何者なのか。どこへ向かっているのか」などと生き方の欠片を拾い、また自らも飛び石になれたら素敵だろう、と、とりとめのない思いをめぐらすうちに、教師やボランティア

の人たちが後片付けを終えてしまった。何より悔やまれたのは、裏や表で講演後まで働いてくださった彼ら彼女らに「お疲れ様。수고했습니다《スゴヘスムニダ》！」と言いそびれてしまったこと……。

「リー先生！　私の家でお茶、いかがでしょうか」と、Tさんの誘いの声で現実に戻り、冷たい麦茶と蒸しトウモロコシなど、ご馳走をいただいた。

　蓮の記憶はまだある。秋になり、学校の日帰りバス旅行があった。中宮寺にも寄って聖徳太子の天寿国での往生を祈願する「天寿国繡帳《どんちょう》」を見学した。今、私は何年かぶりに『中宮寺の美』の図録をめくっている。当時の私は顔にこそ出さず、「買うか、買うまいか……」と内心かなり迷ったあげく、結局買った。繡帳の下図は、渡来系の絵師たちが描いたのだ。命を顧《かえり》みずに波濤を越え、馴染まぬ列島で没頭して描き、作品完成に導いたことを思うと、迷ったのが恥ずかしい。

　大型バス二台は、参加した学生の家族のバス会社から借りたこともあり、値段の面でも便宜を図っていただいた。その在学生は「リー先生！　うちのバスは最近韓国の会社から在庫や中古のバスを買って、リサイクルしていますよ」と弾んだ声で言ってくれた。

名古屋に帰るバスの中でも図録をめくり、講演会で出た「蓮華化生」という耳慣れない言葉を思い出す。想像力の乏しい私の見識が少しずつ広がり、深まるようで嬉しかった。

その後、東アジアの焼き物に描かれた蓮を見に、大阪・東洋陶磁美術館に二度行った。二度とも日曜日の早朝に家族の食卓を整え、名駅から近鉄で行った。日帰り旅行にとって、文庫本一冊と、乗る前に買った紙コップ一杯のホットコーヒーは、最高の友だ。今回はためらわず図録を買い、帰りは文庫本ではなく図録をめくりつつ戻ってきた。私には大阪城よりこの美術館の展示物がうらやましい。ある夏、ソウルのリウム美術館に行った時、居並ぶ焼物の中に大阪・東洋陶器美術館から借りた展示品との説明文があった。夕暮れに館を出て、梨泰院《イテウォン》まで続く長い坂道を歩く途中、思わぬところで出会った蓮の焼き物が愛おしく、名残惜しかった。作った人、コレクター、置かれた場所に淡白なまま存在する口のないものたち！「また会いに来るから」と振り返った。

コロナ禍になってからは、毎年通った高麗美術館にも行けなくなった。家と仕事場を往復する極めて単調な営みの中、しかしその分、書物と親しくなった。断捨離しつつ気に入った本をじっくり読めた。漢文に慣れない私だが、何回も読むうちに、天才と言われる許蘭雪軒《きょらんせつけん》（ホナン・ソロン）の漢詩「横塘曲《フェンダンゴッ》」が好きになった。もちろん朗読は、きれいに訳された韓国語で声をだす。「蓮の花托《かたく》が大きく　蓮の棘も大きくて　服が引っ張られ　日は水辺で暮れるが　潮水は退かない　蓮の葉は　頭に載せれば　どれも花冠になり　蓮の花を　帯にしたら佩物になったね」。

儒教思想が社会全般に色濃くなり、女性が生きづらくなった朝鮮中期、大胆に詩で自分の領域を見つけた蘭雪軒のことを思う。婚家での不和や子に先に立たれる哀しみの中、天から島流しされた女神仙のように、目の前の荒波と涙を越えて詩と遊んだ。そして二七の蓮の花が散ると、辞世の詩を残し、早々と旅立った。二七歳。死後、彼女の詩集は明国、日本にも伝わる。日本では正徳元年（一七一一）に、文台屋《ぶんだいや》版によって刊行されたという記録を見て、何だかホッとする。今も蘭雪軒は雲の上で逍遥しているような気がする。

ある日、時々一緒に歩く友人に、隼人池に蓮の実を投げた話をすると「蓮の実って皮が相当固いから、そのまま投げても発芽はしないのよ」と言うのだ。知らなかった私は驚き、少しばかりはホッとした。何回もその辺りを歩くうちに、つい最近目に入ったのが「隼人池愛護会」の文字。池の花壇の札に、小さく書いてある。次に蓮の実を投げたくなったら、先にその会に聞こうと思う。

六月三日土曜日は、待ちに待った朗読の日だ。絵本は友達にもらった『孝女・沈青《シムチョン》』を選んである。大きな蓮の花から出てくる可憐な少女が表紙だ。韓国では有名な伝来童話（昔話）だし、幼い時に読んでいたこの話は、主人公が親のために、荒れる海に飛び込まなければならない、という内容が怖くて、その後の展開はほとんど記憶になかった。

今回は、まず絵本の表紙一面に広がる蓮の花に惹かれてめくってみた。主人公・シムチョンの父親は盲目だったが、僧侶に「米を納めれば目が開《あ》く」と言われ、その約束をしてしまう。シムチョンは船に乗り、荒波を鎮めようと自ら生け贄になる。が、海の世界（竜王の国）で救われて、再び蓮の船に乗って地上に戻る。仏教では死んだら蓮の船で西方浄土へゆくのだが、この話では父親に再会し、父親と、さらに多くの世の盲人たちの目を明《あ》けるために帰ってくるという展開だ。

遥か新羅から伝来したこの童話を、日本人ボランティアと打ち合わせ、リハーサルを経て迎えた朗読の場は、中村図書館。ＮＩＣ（名古屋国際センター）のスタッフが大きなスクリーンに童話の場面を映す。私が韓国語で読み、それをボランティアさんが日本語に通訳する。主に若いパパとママが、抱いた赤ん坊をあやしながら聞いてくれた。小学校低学年の子供や母親、シルバー世代の方々も耳をすます。一回きりの本番だ。緊張はしたが、やはり楽しめた。

帰り道、ヨーロッパでも韓国でも上演された尹伊桑《ユンイサン》のオペラ「シムチョン」が名古屋の愛知芸術文化センターで上演されたら……。そう期待を込めた心の風船を、空に投げる。清貧の道を歩むと決めたのに、オペラを見にゆくとなったら財布は嘆くだろうか。ここで私は堂々と「大丈夫。私は招待されるよ」と自分を安心させる。

翌日、日曜日の早朝、家から石川橋近くまで歩いてコメダ珈琲店に入る。井上ひさしの『ふかいことをおもしろく——創作の原点』を読んだ。分かりやすくてスラスラ読める。この時、気持ちは胸いっぱいに膨らんだ。「百年後の人々にも平和の思いを託す」という彼の文章に惹かれ、何度も読み返している。

歩きながら空を見ると、泰山木の花被片《かひへん》が池に浮かび上がった蓮の乳白色の花のように広がっている。「歯がなければ歯茎で生きるよ！ 이가 없으면 잇몸으로 산다！」という韓国の諺《ことわざ》がこぼれた。近くで優雅な蓮が見られない代わりに泰山木《たいさんぼく》が見え、ある家の前には大山蓮華《おおやまれんげ》が照れたようにやや斜め下を向いている。蓮の文明史を学び、また植物としての魅力にも惹かれ、今は蓮と関わる諸々に興味がわくのだ。

ゆっくり歩き、休日の朝の幸せを満喫した。日々是好日《これこうじつ》。

クチナシ

近頃、朝、目覚める時間がどんどん早くなってきた。ベランダに出ると、どこから風に乗ってきたクチナシの香りが、私を呼んでいる。鼻が、犬のように敏感になったようだ。いそいそと外に出ると、道端やよその庭のクチナシの花が、白く光っている。まだしっかりと目覚めていないので、それが甘いアイスクリームに見える。

今日から私は、笹島にある大学でオムニバス形式の講義のうち四回を担当する。一回目は「日韓交流史」だ。朝の散歩から戻り、簡単な朝食をつくれば、あとは笹島へ行けばいいのだ。ノートパソコンもカバンに入れてある。これなら一時間は歩けると考え、早めに家を出た。

いつも通り、早足でマンションの横道を過ぎ、高台に向かって真っ直ぐ五分ほど歩くと、突き当たりの家の前に人影が見える。女性が庭や垣根まわりの手入れをしているようだ。「まだ五時半なのに――」と内心驚きつつ、ゆっくり近寄る。このご近所さんとはコロナ禍の中、ほとんど会えず、ほぼ一年ぶりだ。嬉しくて深々と頭をさげ「お元気でしたか」と大きな声で挨拶した。もし相手が澄ました顔や冷たい反応を見せても、私は大丈夫だと思った。

彼女は「ああ！　元気でしたよ」と、まるで昨日も会った知り合いのような気さくな態度で「これは、赤いところではなく、黒いところを取って食べてみてください。どうぞ」と、続けた。私は垣根に垂れたベリーの、小さくて黒い粒を摘まみ、口に運んだ。

平屋建てのお宅には、建物とほぼ同じ広さの庭があり、木と花々、そして季節の野菜が植わっている。七年間、時々この家の前を通るが、立ち話をしたのは初めてだ。

イチジクの葉やクチナシの香りの話をするうちに、彼女自ら経歴を語ってくれた。仕事を引退してからも嘱託で八〇歳まで働き「今は九〇代に向かっています」と。どこにお勤めかと聞かれた私は「バーンアウト」とは言わず「体調を崩したので早めに退職し、四月から週三、四回の仕事を……」と自己紹介する。

「病院に行く時以外はほぼ家にいるのよ。お茶を飲みに来てくださいね」と言われると、面識の薄い私に対して警戒心を持たない彼女が少し心配になり「私はソウルから来ています」と言った。

彼女は「あら、韓国なの」と言い「お花や木を見るために済州島や山へ行ったわよ。ソウルは行ってないけど。そうそう、韓国仏像の講座を聞いたこともあります……。この時間なら、ベリーのジュースも飲めるわよ。今度は声をかけてね」とほほえんだ。私は「通る時には声をかけます」と礼を言い、立ち話を終えた。

ときめきを胸に、また会おうと思った。通るたびに四季の変化を見せる庭。その持ち主とお茶を飲んでみたいと、実は前々から思っていたのだ。また偶然に会い、お茶を飲めたら話も弾むだろう。四季の植物のことだけでも話題は尽きないと思う。二人に共通の知り合いがいないこともなおさらいい。その場にいない人の話で不愉快になることがない。ただ、その日まで、彼女が体調を崩すようなことがないよう願う。

上機嫌で笹島に向かった。大学三年生九〇人にする交流史の話では、現在の草の根レベルの交流のことや近世の交流、古代に遡《さかのぼ》る外交まで大まかに話をしたが、三月の対馬旅行のことも触れたので時間が足りなかった。

講義を終え、大学の近くのスターバックスに入る。行き交う人々が見える席に座り、来週の「ソウルの変貌」の講義の前に、「雨森芳洲」についても少し話をしないと……などとひとりで反省会をした。その時、デスクの右手に置いたブラックコーヒーの紙カップに、吸い込まれるように目がいった。「좋은《ジョウン》 하루《ハル》 되세요《デセヨ》!」と韓国語が書いてあった。意味は「よい一日になりますように」。そう、先ほど店に入り「あの……、カフェアメリカーノのアイスを、氷少な目で、トールサイズでお願いします」と言うと、スタッフの若い女性が「もしかして去年の今頃も……」と言いかけた。他の客もなかったし、私は嬉しくて聞かれてもいないのに「普段は豊橋キャンパスに行っているけど、今年は四回ほど、こちらにも来ます」などと説明した。

でき上がったコーヒーを別のスタッフから受け取って席に着いたが、可愛い韓国語

の文字が、私に笑顔で「お疲れさま！」と言ってくれ、その瞬間、思い出した。「そうだ、去年の今頃だ。午前中、大学のコンベンションホールに入る前に、ここに寄った。陽射しが強く、アイスコーヒーで涼みたいと思ったのだ。あの時、韓国語で「こんにちは」に当たる言葉「안녕하세요《アンニョンハセヨ》」を書いてくれたのが彼女だった。私はハッとする思いで彼女の方を見た。お客さんが並んでいて忙しそうだ。あの時、注文した私に「韓国の方ですか？　私は韓国語を独学で勉強しています……」とも言っていたっけ。来週の朝、早めに来て改めて挨拶しようと思った。

　去年のその日と同じように強い陽射しの下、扇子で顔を覆い、笹島の街を名駅に向かって歩く。笹島ライブ駅から名駅まで電車に乗っても交通費は出るが、歩くことが趣味、と言うより生きがいの私にとって、ひと駅間だけの乗車などあり得ない。陽射しに渇《かわ》き、埃を浴びる道端のクチナシにも目を合わせ……。

　家に戻り「今日も好日、日々是好日だ」と呟き、スターバックスの紙コップを食卓に置いた。温もりが滲み出るようなその文字を、夜、家族に自慢しようと思う。今は昼三時頃だ。夕方の散歩も楽しみたいので洗濯や掃除を済ませておこう。新海誠監督も好きだと言っていた韓国でのインタビューを思い出し、アイドル「アイブ」の曲を聴きながら掃除にかかる。梅雨の重たい湿気を吹き飛ばしてくれそうな軽やかなミントやレモンスカッシュ風味の曲が流れる。踊りながら掃除を終えて出かける。

飛び切り美味しいコーヒー屋の前を過ぎるとき、その小さな店の無口なご主人に、私から先に挨拶する。緊張して店に入った私は、買ったコーヒー豆を受け取って「ありがとうございます」と言い、恐縮する気持ちになってさらに「また、よろしくお願いいたします」と付け加える。

私はコーヒーの香る町に住んでいる。そういえば二人の親友に、塩釜神社近くから坂が多い場所へ引っ越すと伝えた時、「あそこにはコーヒーの美味しいところがあるよ」と聞いたのだった。私は豆も買うが、たまにアイスコーヒーを飲みたくなった時、この店で紙カップで買い、坂を下りて隣町まで飲みながら歩く。ところが最近、店内で「まいど！」と低い声が、ＢＧＭのクラシックに埋もれるように聞こえてきた。もしかして無口なはずのご主人は、これまでも「まいど！」という、俳句よりも短くてちょうどいい温度の言葉を、それこそ毎度、私にかけてくれていたのだろうか。私だけが聞きそびれていたのだろうか。

そのコーヒー屋の並びに米穀店がある。ふと覗いた時、「これを、もっていかれませんか」と、若い女性に声をかけられた。この店のご主人の孫娘だろうか。私は嬉しくなり、賞味期限間近の五〇〇グラムの雑穀袋をもらった。私が「もしかして、この店のお嬢さんでしょうか。おじいさんはお元気ですか」と聞くと「半年前に奥様の所へ旅立たれました……」と教えてくださった。自分は従業員だと紹介しつつ、先代社長のことをていねいに教えてくれた。雑穀袋をもって家に向かいつつ、いつも店の前で片付けや笑顔での客応対をしていたおじいさんの姿が目に浮かぶ。この店に寄るのはいつも仕事帰りで、しっかりと話したことはなかったが、とても寂しかった。

一九三四年創業のその米穀店の隣には、ステーキ屋がある。店名は薄っすら横文字で書いてあるだけで、電話番号もない。行きたい人は、読みづらいその名前を検索して予約するのだと理解している。ここも味で勝負している店だ。時折スタッフが外に出て帰る客に深々とお辞儀をする場面に出会う。また店の名前はおろか、連絡先すら書かない美容院もあり、いかにも「自分の腕を、知る人は知っている」と言わんばかりの店構えだ。客に媚《こ》びず、対等な関係で営む店が多いこの町が、段々と面白くなる。

土曜日の朝は、七時半に始まる昔ながらの喫茶店に行くことが多い。「まいど！」とは別の店だ。木曜と金曜の講義は豊橋キャンパスなので、ここでさまざまなジャンルの曲を聴き、書いたり読んだりとのんびりする。コーヒーチケットを生まれて初めて買ったのもここ。去年暮れだったと思う。家から米穀店までゆるやかな坂を上り、その手前の小道を入ると五分で着く。いわば近所の隠れ家だ。いつか「お店は、いつ始めたんですか」と聞きたい。

いい文章に触れて癒され、懐かしい曲にまどろみつつ去ったことに思い耽っていると、常連客が、まばらに入って来て席についた。曲の歌詞の代わりに世間話が耳に入る。何人かの声で「せっこつ」「おはな」「にっせき」「ぶつだん」など、あちこちからの単語を、聞くともなく耳が拾う。「接骨院に通う」「お花を持って日赤病院へ」

「仏壇の掃除は……」と連想すると、話が現実味を帯びる。こちらの世界に戻りたくない私はチケット一枚を店長に両手で渡し「ごちそうさまでした」と店を出る。

交差点に向かって歩きつつ「この町の形」を考える。車なら五分以内、歩いても一五分で総合病院にも火葬場にも老人ホームにも辿り着ける、コンパクトな領域に自分はいると、改めて実感する。「老・病・死」があまりに近いことに鳥肌が立つときもあるが、この便利さに飲み込まれないよう意識する。


この空間に少しずつ慣れ、「こんにちは！」と言える人と店が増える。「住めば都になるのか」と、ミヤコワスレに目をやり、二本の脚で一歩、一歩を吟味する。早朝の街の情景を、全身に刻み込むようにていねいに歩きたくなる。

一〇〇年経った別荘をレストランにした店や高級料亭・八勝館は通り過ぎることはあったが、入ったことはない。しかし例えば私が、好きな日本の俳句と韓国の詩についてエッセイを書いて印税が入ったら、あそこを乾杯の場とする夢も、残しておこうと自分に言う。家族には言わない。「また夢か、ほら吹きか」と言われて萎縮する自分が目に浮かぶからだ。ただ親友の「朝の雲」「草花」「時々共に歩く仲間」には言える。

念仏か歌か分からないような音程で「……雨上がりの庭で　くちなしの香りの　やさしさに包まれたなら……」と口ずさむ。甘く、濃いクチナシの香りに誘われ、早朝の八事界隈を、まるで自分の庭のように歩ける日が続きますように。

夏の百合たち

特別講義の四回目、つまり最後の日だ。「Kポップと韓国社会」について話をする。早朝、自然に目が覚めてほっとした。冷凍庫から保冷剤二つを出し、広げたハンカチに包んで首に巻く。「よし！」と気合を入れて家を出た。まだ風が涼しいうちに歩くのだ。

朝五時半、人気《ひとけ》のないマンション裏の道や通りに続く小路では、鳥のさえずりや風に戯れる葉音が聞こえ、私も心を広げて歩く。町内会の防災器具庫が置かれた「金と銀の花道」（と、私は呼ぶ。五月にはスイカズラがきれいに咲く、三分もかからない小路。車もほとんど通らない）では、後ろ歩きもする。

「金と銀の花道」に面して九軒の家が並ぶ。昼か夕方、家の前で人に出会った場合、挨拶は私から先にしてきた。ひとりは山登りが趣味だった方、もうひとりは花と韓国映画が好きな方。二人には「私は、オリーブの木の近くに住んでいます。たまに後ろ歩きもするので、驚かないでください」と自己紹介してある。「大丈夫ですよ。私もできるかしら……」「後ろに気をつけて歩くだけ。すぐできますよ」などと簡単な立ち話もした。

今朝はその小路を素早く抜け、気になっている高台の家の方へ歩いた。以前、ブラックベリーを摘んで食べ、立ち話をして以来二回ほど前を通ったが会えないまま。もう三週間がすぎていた。

学童保育所を過ぎ、かなり古そうな桜の木の下を抜けた時、小道の突き当たりの家の前に人影をみとめ、思わず走り出した、垣根に垂れたブドウやローズマリーの世話をし終え、家の中に戻るところに見えた。久々の走りだった。彼女が家に入る前に声をかけたかった。ズボンのポケットでカサカサと音がした。家の鍵と折った千円札一枚が、急な振動に驚いてわめいたようだ。力任せに一〇〇メートルくらいは走った気がする。

三軒目の前で止まり、息を落ち着かせてから「おはようございます」と言えた。彼女は私の手を両手で握り「元気でしたか」と言ってくれた。

ほぼ白に近い薄緑の冬瓜《とうがん》たちも、玄関のドアに続く階段の両側で微笑んでいる。冬瓜の、触りたくなるようなうぶ毛に目をやる私に気づき「冬瓜スープも食べに来てくださいね」と言ってくれた。「八月になったら毎日が休みです。寄ります」とためらわずに言った。大学は休みに入り、いくつかのボランティア活動以外、特に予定はない。

牛乳配達の人が来て、彼女は庭で採れた野菜とブラックベリーをその人に渡しながら話し始めた。六〇年の歳月をここで過ごす彼女に、私は「また来ます」と目と手で挨拶して別れた。

高台を降りてコンビニで小さなお茶を買う。飲みながら帰る途中、道端に枯れてしぼんだ百合が目に入った。葉は一枚もない。まるで歯のない老婆に見える一輪のまわりには、子供のような若い百合が咲き誇る。立ち止まって見入るうちに、その立ち姿が、凛々しく、誇らしげに思えてきた。濃い褐色の蒴果《さっか》や、ところどころ黒ずんだ茎の傷痕を、自慢の皺だと誇示しているようなのだ。我が身を振り返り、目立ち始めた自分の目尻や首まわりの皺も、すべて歳月がくれる連帯の印なのだと花に諭されたように思え、その朝の散策が愉快なものになった。

八月のカレンダーの右上の端に「高台のMさんとお茶会」と書いた。七月下旬からの夏休み期間は、ほぼ休みとはいえ、成績処理は家でやるし、NHK文化センターの講座の準備も必要だ。テーマは高句麗と百済《くだら》の国母とされる召西奴《ソソノ》が生きた時代についてで、古代との距離感が縮まる機会になりそうだ。近年のソソノは、漫画やオペラ、ドラマに引っ張りだこ。記録史料が少ないと、かえって事実を超えた想像が広がるのだろう。

思想や背景は違おうと、実質的に彼女は男女平等へ向かう時代に求められ、呼び出されたのだ。遥か昔に活躍し、冒険したと言われると「ソソノは格好いい！　少しでも真似したい」と思う。「火曜日までに資料を送る」とメモを書き込む。日曜日には「歴・講参加」と、既に書いてある。

先月の日曜日、名古屋国際センターで考古学者・西谷正先生の講演を聴いた。「朝鮮半島と日本の交流史——人々はこのように波濤を越えた」。四回シリーズで、発掘調査を基に古代を語るものだ。

講演前後と休憩時間、私は参加者の顔ぶれをさり気なく見渡した。講師と同年配の人たちの波うつ白髪と、若者たちの韓国文化への関心をうかがわせる眼差し。それは、ここが世代間、異国間の交流が生まれる場だ、と私の心を明るくさせた。それに加え、私のように、やや暇そうにキョロキョロした目つき。ほかに記憶に残ったのは、裏方として片付けをしていた人たちの汗だった。

四方に広がる茎の先に、無数に育つジャガイモが、私の心に浮かび上がる。それぞれの場所で、さまざまなルーツの花が咲く予感がある。

名刺を作らず質素な道を歩き出したつもりの私だが、こうした講座の片隅に共に座り、学ぶことはできる。後輩や若者のそばにいて、応援もできれば、と願う。先の散歩で見かけた、百合の姿が再びよぎる。

出かける準備も要るのに眠気が襲う。残ったお茶をグラスに注ぎ、氷も入れた。午後に帰宅してからの「お疲れ様」の乾杯を先取りし「きょうの講義、よかった！」と声に出して飲み干し、アイブの速いテンポの曲をかける。目を覚ませ。出かける支度だ。笹島へ。

大学の講義室では、民主化運動によって得られたことについて話をした。軍事政権の終息と、政府の干渉ほか多くのタブーがなくなったこと、さらに文化的コンテンツに対する支援政策が「Ｋカルチャー」の形で噴出したこと。またＫポップはじめ勧めたい曲のYouTubeを映し出して紹介した。

あっという間の講義だったが、Ｋポップが世界で注目される前の時代までは話すことが多い反面、私自身が不在だったここ三〇年の音楽については、にわか勉強のものを伝えるしかなかった。ＢＴＳの정국《ジョングク》にハマっている後輩からの新情報も役に立った。私にも収穫と言えるものがあった。住宅事情や最低賃金を含め、私たちの営みそのものが染み込んだ風刺とユーモアに溢れる曲にも出合えた。ミュージシャンと平等な関

係を作りつつ、批判もする積極的なファンたちの、「ファンダム」という存在についても知った。

若者たちを沸かせる「Kポップと韓国社会」については、ボランティア活動として九月、港区の南陽高校でも予定が入っている。「若葉」たちとの一期一会に期待しつつ「内容を、現在から遡る形に変えようか……。質問を先にメールで送ってもらい、内容に取り入れて進めれば、私も生徒たちも有意義にその日を過ごせるのでは……。世話役の『愛を配る』代表のHに、LINEでお願いしておこう」。そんなことを考えながら帰宅した。


自宅でひと休みし、五時の約束に備える。次は食事会だ。相手は、大学時代に学生運動をし、卒業後はウラジオストックの大学で韓国語を教えたという素敵な経歴の持ち主。彼女とは一五年来の付き合いだ。ケールサラダとガーリックパン、私はイギリスのビール一本を飲み、韓国語でおしゃべりも楽しんで大満足。

優雅に五〇の川を渡ったばかりの彼女は「リー先生のやりたいことを聞いてると、

青春復活みたい。これからも面白そうですね」と言ってくれた。「確かに私の時間は、季節なら秋、一日ならお茶会の三時頃ね。二〇～三〇代にできなかったことも、今はやれる」と言った。

特別な用事があったわけでもないのに私を訪ね、ご馳走までしてくれた彼女。「家まで送ります」と親切な申し出と共に赤い車に乗り込む彼女に「大丈夫、この時間なら歩けるよ」と笑顔で別れ、瑞穂《みずほ》、昭和、天白《てんぱく》と、三つの区を渡り歩いて帰宅する。

自宅マンションが見えてくる。この建物は三年後、築四〇年を迎える。私がソウルで就職活動に勤しんだ大学四年生の頃に誕生した、エレベータなしの建物だ。階段を上りつつ頬に風を受け、目に夜空を見せ、一歩ずつ上がる。町、建物、ご近所、その全てが愛おしい、と思った。

後輩教師の言葉通り「再びの青春到来」なのか。翌日は「栄」に出かけた。

用事を済ませて、信号を待っていた時、若者向けの人気店が目に入る。一〇時半の開店を待つ何人かの後ろに立ってみた。よぎる「短いＴシャツ！」の言葉。学期中に

はあまりラフな格好はしないが、休みになった途端に、今、若者が楽しむ服を着たくなった。韓国では「ヘソT（배꼽티《ベコップ》T）」と呼ぶ。これを二枚買って帰宅した。

手洗いしてベランダで干し、どのズボンか、それともスカートに合わせるか、と考える。服を買ったのは一年ぶり。ベランダに立って流れる雲を見上げる。道端で暑さに耐えている並木と、その間の灌木を見る。隣の隣の家の、逞しい芭蕉の葉を見る。いつの間にか、背伸びしている百合たちにも目がゆく。

ふと、以前住んだマンションの花壇にあった百合の姿を思い出す。茎はまるで幹。花々はすき間なく詰まった白い束と化し、百合女将軍とでも呼びたくなる風格だった。初めて見かけたときは熱帯植物かと思ったが、近寄って覗き込むと間違いなく野に咲くような百合だ。歳月をかけてこのような変異が生じたのか、それとも突然変異か、三五を超える花々が、塊《かたまり》になって雨に濡れていた。

「葉と茎、びっしり。ハリネズミみたいよね」「気持ち悪い」。通りすがりの人の言葉を聞き流し、携帯で写真を撮る。その画像は今見ても、凛々しく逞しい！　私も見習おう。おびえず、気後れせず、これからの「六〇の通り」をただ歩けばいい、と自分に優しく言い聞かせる。

夕暮れ、乾いた「ヘソT」を着て野菜と氷を買いに出た。ズボンの際《きわ》と重ならない短さだ。暑さからくる怠《だる》さが消え、ちょうどいい緊張感が付いてくる。お腹と腰にやや力を入れて歩く。

蝉しぐれの並木は酷暑に耐え切れず、葉も枝も、水気を吸い取られてカラカラになっている。熱気で火傷《やけど》したような、苦しげな木も目につく。

横断歩道の前で信号を待つ。渡ろうとしている私は天白区《てんぱく》にいる。渡ると昭和区になることを、色褪せた百合の絵と「まるの中に八」の数字が書かれた名古屋市の道標が教えてくれる。金山《かなやま》行きのバスが通り過ぎる。「市営交通一〇〇周年記念」のポスターも一緒に走っている。一九二二年！　母の生まれ年と同じだ。

先週、YouTubeで見たニュースを思い出す。韓国の水害惨事で多くの犠牲者が出た、というものだ。続く人災と、梨泰院《イテウオン》の惨事から変わっていない行政の対応が痛々しい。韓国発のニュースからは、義務は強いられながら「各自図生（行政に頼れず各々が生きる道を図ること)」することになった世相が伺える。

母には今日、わずかな額を送金でき、少し心が軽くなった。円安で、ソウルでもらえる額はさらに少額だろう。それでも送金を気持ちよく認めてくれる名古屋の家族に感謝している。酷暑を避けて秋風の頃、会いには行きたいが、母の体力との相談だ。

氷と赤ワインの色をした愛知産のトウモロコシを、スーパーで買う。

帰り道、街路樹の右左に、まばらに咲き乱れる百合の蕾を見つける。灌木の下からはみ出し、地面ギリギリの低さから、半円形に伸び上がる茎からは、エンドウ豆の色の蕾が出て、その頂《いただ》きは空に向かって冴えた緑色で揺らいでいる。

頬に走るパステル調紫の太い脈はお洒落なタトゥーで、光を求めて茂る灌木を必死に避けて曲がっているが、それが優雅に踊る姿に見えてくる。遠からず、瓜実顔《うりざね》のバレリーナの登場を期待して、明日もこの道を歩こう。


この上なく歩くのが好きで、健康のためにも朝の散歩が欠かせないルーティンではあっても、できない時もある。そんな時には屋内で、できることをする。たとえば読書。夏目漱石『夢十夜』の「第一夜」もそのひとつだ。

「……うりざね顔をその中に横たえている……白い花びらに接吻した。……百年はもう来ていたんだな」。六分ほどかかる短編を、横歩きや後ろ歩きで動きながらゆっくり声に出して読む。コロナ禍の前に始めたが、その渦中に回数が増え、先週までで二七八回を迎えた「ひとり朗読会」だ。

昨年のソウル行きの時も、コロナにかかった時のホテル隔離にも、ほかの旅にも、その文庫本は持参した。ただ、散策中「第一夜の百合だ」と思わせる百合に、まだ出合ってはいない。

何年前のことだったか。二月のある日曜日、昼過ぎに山崎川を石川橋から落合橋へ向かって歩いていた。途中、左右田橋に至る手前で、老いた桜に挟まれて百合が咲いていたのだ。冬の寒さにうっかり咲いてしまったものか、花は小さく、背は低かった。私は近寄ってつい写真を撮った。川辺の二月、百合に許可も求めず……。

さらに歩く。新瑞橋《あらたまばし》駅のバスターミナル近くのモスバーガーに入り、新聞を読みなながら簡単に昼食を済ませた。問屋のような店でタオルと靴下を買う。来たのと同じ道で帰る。あの百合に会いたいと思ったからだ。歩みがやや速くなる。厳冬のソウルでは考えられない、二月に咲く百合に惹かれて。

その近くになり、私は付箋を取り出して橋の名前と二本の桜に付けられた番地のような番号をメモした。「次はいつ来られるか、来週に……」などの言葉が頭をよぎった時だったと思う。「よい言葉を見つけましたか」と声が聞こえた。びっくりして振り向くと、ひとりの男性が立っていた。と思うと真っ赤な顔になり、深々と頭を下げ、慌てて歩き去った。私の驚きはすぐ収まり、百合ではなくその人の後ろ姿をじっと見つめることになった。

通り過がりに「よい言葉を見つけましたか」という素敵な言葉をさらっと投げかけてくれたのだ。今まで道端で聞いた言葉は「道をよく知っている外国の方ですね」「ありがとう」「助かった」などだったが「よい言葉を見つけましたか」は、三〇年この街で暮らしていて初めてだ。

時々、夢十夜の「第一夜」を読みながら、もしや夏目漱石が一瞬現れ、声をかけてくれたのか、と思ったりする。しかし冷静に考えると、その人の言った「もの」を、私の耳が「言葉」にすり替えて聞いたのかもしれない。

どちらにせよ、散歩から戻るたびに私は、さほど要らないものは流し、面白いものと言葉を多く拾って頭の中に繰り入れる。収支のマイナスがプラスに変わり、なんとバランスいい財務諸表か、とうっとりする。

七月の終わりの早朝六時一五分、食卓を整えると、ノートパソコンをカバンに入れ、石川橋を越え、コメダ珈琲店に向かう。

大学は夏休み。朝の風はまだまだ涼やかだ。店ではコーヒーと「モーニング」を注文し、パソコンに没入する。頭が冴える時間に、決めたテーマについて入力作業が進む。時々Instagram や Facebook に移り、知り合いの近況に反応したり、メッセージに返事もする。仕事絡みではなく、応援したい知り合いの活動や広報に「いいね！」も惜しまない。実際にゆくと決めたら「必ず行きます。その日までワクワク！」と書き込んだりする。

朝の二時間、喫茶店という場所で集中して過ごすことで、その一日が満ちたりたものになる。あとの時間は最小限の家事などしつつ、酷暑を家でやり過ごすのだ。

九時を過ぎ、コメダを出る前に洗面所に行き、ハンカチを濡らして首に当てた。ここから近道を通っても二五分はかかる。速歩で日陰を選び、日照りの強まった時間の中を歩く。一〇分も過ぎると首のハンカチが温《ぬる》くなる。軽かったカバンも重く感じる。「あと一五分で涼しい部屋だよ。日本語で文章を書いたんだろ。今までできなかったことだよね。君は凄い！」と大げさに自分を褒めてみても、暑さは変わらない。

信号機のない横断歩道を、黄色い横断旗を高く上げて渡り、ここから一〇分後には玄関だと思っても、まだ長く感じる。ここでクールなアイデアが浮かんだ。このままでは帰らない。大通りへ真っ直ぐ上がる。コンビニに行き、氷袋を買った。氷袋を恋人のようにぎゅっと抱きしめ、ゆっくりと歩いた。

欅《けやき》の木が見えると、そこからは四分もかからない。右手には氷袋、左手には大事なノートパソコンのカバンを持ち、蝉たちのエネルギーに満ちた鳴き声を、道端のアベリアの群れと百合たちと聞きながら歩いた。私の住まいの隣の大規模マンションの前を掃除する女性に「おはようございます！」と挨拶。額や首に汗を垂らす彼女に塩味の飴をひとつ渡す。道端の百合や薔薇、紫陽花など、四季折々の花の手入れをほぼ毎日、頼まれもしないのに続ける女性……。お天気の話しかしたことはないが、機嫌よく挨拶できる隣人がいて嬉しい。

自宅マンションの入口の前に立った。階段を前に「玄関からすぐ風呂場に、そこで着たままシャワーだ！」と思ったら、飛ぶような気持ちで駆け上がれた。いつもは小さなことでも家事を優先してからシャワーを浴びたが、今日は直行だ。突発的なこともしでかす自分に大いに満足、海辺で遊んだ感覚から、引き続き昼を迎える。

茗荷とキュウリを千切りにし、刻んだニンニクに、つゆと酢を入れて素麺を食べた。ワサビも少々入れる。コチュジャンが切れたので、代わりにつゆでやってみたらこれも美味しかった。口に運ぶ直前にごま油少々も忘れず加えた。

氷を入れた麦茶を口に含み「暑くても寒くても、朝、歩くようになったのは、いつからだろう」と、ふと思った。

二〇一三年、私は札幌で、九時間の全身麻酔手術を受けた。二週間ほど休めば仕事復帰できると説明を受け、前向きの気持ちで学校に戻ったが、湿気の高い名古屋の梅雨も重なり一カ月休んでもだるさは続いた。結局二カ月の間、ほとんど寝床で過ごして、やっと夕方から夜の間だけ気力が戻った。無気力状態と早く別れたい思いから、初めは家の中でだけ動いてみた。翌日、家の外、住まいのマンションの周りを歩いた。

その時、気づいた。うす暗い花壇に、明るい入口付近に、ゴミ置き場の周りに、百合が咲いていていたことに。花の微妙な揺れが私に「焦らないで大丈夫だよ」と天使たちのように囁いていた。病院や家に葉書を送ってくれた顔ぶれを思い出させ、さまざまな形で激励してくれた学生たちの声になった。「リー先生に会いたい」と。

隔離と断絶の闇から一筋の安心感を得て、その夜はぐっすり眠れた。翌朝も百合を目当てに歩いた。大事にされるわけでもない野の百合が、自然なままに凛々しく、水気のない茎のまま力強く立っている姿は、胸に響いた。こうして気持ちよく歩く時間が増え、秋の学期からは仕事の現場に戻ることができたのだった。

これが早朝の散歩の始まりだが、話はそれで終わらない。

何日かたった土曜の夕方のこと、山積する書類にあげる悲鳴も涸《か》れ、学生たちも帰った後、私はひとりで静まり返った校舎を出て、狭い運動場に立ってみた。

右側の垣根のすみに百日紅《さるすべり》の木があり、濃い桃色のかき氷のような花を付けていた。人の肌を思わせる滑らかな幹の皮。その下に、前年にはなかった百合が立っていた。「こんにちは!」と声が聞こえたようで、誘われるようにお手洗いと倉庫の裏手に足を入れると、今度は長身の百合が何本も、まるで守護天使のように待っていて「復帰おめでとう! 時々会いに来てね」と迎えてくれたのだ。

スリムな新校舎に建て替わるまで、時にひとりで戸締りをする土曜日の夕方、校舎裏に行くことがあった。百合や姫りんごの木、スモモに挨拶し、「また来週、月曜に来るまでよろしく!」と守衛気取りで当直の仕事を依頼した。

今、散歩の道で会えるのは、きっとその時の百合の末裔たちだ。

伏兵の百合に会う

今年（二〇二三年）四月、星ヶ丘の大学に行く時だった。紫の地下鉄・名城線に乗り、本山駅で降りて黄色い東山線に向かう途中、通路の迫力ある壁面に、私は思わず見入った。まるで私の門出を祝ってくれるように咲き乱れる百合の花。油絵に見えたが、近寄ると焼き物の壁画だった。それまで何度も通りながらも、なぜ目に入らなかったのだろう。

大学では、講義が始まる二時間半前には近場のカフェに入り、読書と書きものをすることにしていた。気持ちと移動時間に余裕をもつためで、以後、加えて鈴木青々作の百合の壁画『彩苑』を、一目見てから乗り換えをするようになった。毎週月曜日、コンクリートの洞窟にも似た地下鉄の駅の朝が、これで楽しくなった。星ヶ丘では、七時開店のカフェの一番客になった。

ある時、講義で「名古屋市の花を、知っていますか」と聞いてみた。すると、意外に知らない学生もいたのだ。「意外」とは言ったが、かくいう私も近年、歩き出してから知ったことだ。道に埋まったマンホールの蓋に、百合が市章の数字「八」と一緒だったり、公園の花壇や道端に手入れされた百合が目につき、ネットで検索した。一九四九年に公募で決まったと、初めて知った。

私は市の花として管理された制服姿の百合よりも、勝手に咲き、気まぐれに引っ越しもする野の百合が好きだ。百合は私の友達にも、守護天使にもなってくれる。もらいっぱなしの私は、正月には百合を招待する。これまでは桃色のオリエンタルユリだったが、来たる新年には、対馬に咲く「黄金鬼百合《おうごんおにゆり》」という黄色い百合を、部屋に飾りたいと思う。春先の対馬の旅では会っていないが、鬼百合の絵葉書は連れて来た。今頃、対馬の道端や山に咲いているだろう。

八月某日、久々に愛知池を歩いた。迷った挙句の遠出だった。涼しくなるまで待つことも考えたが、待っても酷暑は終わりそうにない。逆に、涼しい時間に行けば歩けるだろうと、決意を固めた。

前日、三三〇ccのエビアン水を冷凍し、二〇〇cc缶のベリージュースとほぼ同量のアイスコーヒーを冷蔵庫に入れ、サツマイモあん入りのパンひとつを準備した。家族には、早朝に池を一周し、涼しいうちに戻ると伝えた。

遠出だと思うと興奮し、零時を過ぎてもなかなか眠れなかった。それで入眠に効く魔法の呪文を唱えた。「弱っているPさんが、この夏、元気でいられますように。Uの書店にお客さんが多く来ますように。バーベキューパーティーで出会った子供たちとクリスマスに会えますように……」と。

朝五時半に起きて、昨日の用意を手早くリュックサックに詰めた。保冷剤をハンカチに包み、首に巻いた。静かに玄関を閉めて、家を出た。

地下鉄で米野木駅に着いてから南へ三分歩く。森に囲まれた愛知池に入ったら六時半頃だった。真夏でも、時間を二時間早めて動けば、七・四キロをじっくり歩ける。

百年森公園の案内看板を過ぎると、茂った木々と百合たちが待っていてくれた。期待した以上の喜びが、胸に押し寄せて来る。日傘も扇子も要らない。ほとんど人気《ひとけ》もない。草むらから聞こえる虫の鳴き声に耳をすまし、池に浮かぶ水鴨を見ながらうっとりした気持ちで三キロほど歩く。

木陰に座り、リュックからコーヒーとパンを出した時だった。池の右手に白いものが見えた。サルスベリの花びらに見えたり、膨らんだ綿菓子に見えたりした。一瞬捨てられた白いビニール袋が枝々の帽子になったかのようにも見えた。

食べ終わり、リュックにボトルを戻そうとした手がとまった。正面に立つ木から、一羽の鳥が優雅に飛び立った。真ん前は池なので、正確には木や葉などは見えないが、綿菓子に見えたのは羽だったと分かった。「ああ！　鳥たちにも朝の会があったのだ」と声が漏れた。

七年前から年に七、八回は来ている池だ。自分の別荘を散策する気分でのんびり歩こう。春から夏にかけて、私のベストの選択が今日の散策だと思うと、口笛も吹きたくなった。

軽く食事を終えて歩き出したが、二歩も行かないうちに雨が降り始めた。急いで走り出す人、速足で去る人の背中が目に映る。私は戸惑いを押し殺し、まず森の仲間たちを見た。木々は変わらず立っている。私も濡れることを楽しむことにしよう。残り半分の帰り道も、焦らず歩いて行こう。

ぐねぐねとした場所に立つ百合たちが、朝風と私を迎えてくれた。時折、灌木を避けて地面ギリギリまで茎が低く這い、まるで花びらが白いヘビに見える百合にも何度か会った。私の背よりもうんと高い百合の群れは、庇《ひさし》となってトンボやカマキリをその陰にかくまっていた。

一キロ歩いたあたりで、雨は止んだ。道の右には濃い褐色の、老婆になった紫陽花が並び、左を見ると、風の強い池で漕艇を楽しむ人がいる。もうすぐだ、七・四キロまで。

ここでも百合は、元気な姿で迎えてくれた。残りのエビアン水でハンカチを濡らして首に巻き、池と森に「ありがとう」と声に出す。「私たちのことを書いてくれてありがとう！」と、風に乗って百合たちの声が届く。眠気もついてくる。

時計をみたら八時一〇分、米野木南の信号を渡った。自分を褒める。家に着いたらそのままシャワーを浴びよう。その前にコンビニで氷袋を買って抱いてゆくと決めた。広い私の別荘の管理費は心配ない。愛知県民として支払った税の中に、既に入っているはずだ。

第4章　新たな扉

トキメキの種

梅雨明けをじっと待っていると、徐々にテンションが下がる。じめじめとした気分が心のポケットに入り、憂鬱になる。

昨日、木曜日がそうだった。朝五時からの雷も神経にさわり、足どりも軽やか、というには程遠い気分で、私は大学に向かった。

「こだま」の広々とした席にも無表情で座った。講義室での若者の眼差しの前にも、緊張感なく立っていた。帰宅して食卓につき、味も感じぬまま食べ物を口に運んでいて、ふと、ある思いに行き当たった。

「そう！　ルーティンが壊れたんだ。やり直しだ！」と大きな声を出し、まず掃除を始めた。

家族の部屋を、本人たちが気づかないよう、置いてあるものなどはそのままにして、目立つ埃やクシャクシャの紙や破れた小さなビニール袋などを拾う。ソファーはないものの本棚のあるリビング、そして廊下はわりと気楽に掃除できた。

二月からは早起きをして、朗読、読み書き、散歩をしてから仕事や家事をしてきた。要するに、あくまで「早朝だけは自分優先」という大切なルーティンがあったのに、それが前日の水曜日、一挙に崩れ、私のリズムは乱れたのだろうと理解した。

水曜日、家族の代わりに委任状を区役所に持参して、戸籍謄本を取ってくる——という予定が急に入った。またソウルの母への仕送りのため、海外送金の手続きも待っていた。ほかに予定はなかったので、自分流の朝の時間を過ごしてから、これら二つの要件を済ませばいいと思った。

朝五時半に起き、委任状と私の在留カードを持ち、念のためパスポートと印鑑をカバンに入れた。その時、ふと区役所の建物とうす暗い室内のイメージが浮かんだ。そこに行きたくない気持ち、気後れが膨らみ、机の上の本にもノートパソコンにも向き合いたくなくなってしまった。台所へ行き、冷たい麦茶を立ったまま飲む。

「薄い黄色の建物とやや明るい室内、涼しい空調環境には、相当な経費がかかるのかな」と呟いてみる。役所に八時四〇分に着くためには、一五分に出て歩けば間に合う。私は部屋に戻り、アラームをセットして二度寝をしてしまったのだった。

珍しく頭痛を感じつつ役所まで歩いた。職員の親切な対応のお陰で、手早く用件を終えて出た。なぜ来る前、あんなにソワソワしたのだろう。だが、理由は分かっていた。「寒々とした記憶」が頭の奥に残っていたからだ。まだ日本語の使い方が不十分だった頃、在留カードを作りに役所に行き、狭い箱のような空間で顔写真を撮られ、親指の裏を何度も押し付けないといけなかった。指紋押捺だ。まさか日頃、指の裏面をこすりすぎて指紋が消えたか、と思ったこともある。最近は、空港で入国の際に指紋採取をするが、一回で通過できる。まだ指の細胞が活発に動いているのか。違う。センサー技術のお陰だ。

また戸籍謄本を初めて申請した時の記憶もあった。謄本の記載欄に私の名前はなく、夫の名前の次には子供の名前が書いてあった。私のことは、謄本の一番下の欄に「韓国籍妻」とあり、そこに私の名前が書いてあった。まるで陸からの風に吹かれ、海に落ちそうな崖に立たされた感覚だった。

役所を出て歩きながら「国籍と苗字は、今まで通りに、そのままでいいですよ」と夫の両親は言ってくれたが、それは家の中だけのことなのだ、と寒々と実感した。「寒々とした記憶」。やはりこの実感が頭のどこかに残っていたのだろう。


家に戻り、シャワーを浴びてから栄にある銀行に電話したら「送金審査には早くても一週間はかかります」と説明され、驚いた。

以前、ソウルの母に何度か仕送りをしたことがある。名古屋にいる後輩に日本円を渡すと、韓国にある彼女の通帳から私の母に送金してくれたのだ。面倒なことをしてくれた彼女とは、ソウルや同じキャンパスの話をしながらお茶を楽しんだりもしたが、最近は会えない。体調を崩したとの連絡があった二月には、彼女の家の近くのカフェに行った。彼女は私に「先輩！　確か手術したこと、前に聞いたことありますが……」と聞いた。要するに彼女は、手術を日本でするか韓国でするかを迷い、また手術前後の不安にも悩んでいるのだった。私は淡々と「医者に『全身麻酔九時間と二週間安静後の復帰』と言われたけど、焦らず十分休んで職場に戻ったよ」と言った。

また場所より執刀医が大事なので「私は札幌で受けて戻れたの。自分で決めて大満足だよ」と告げた。小学生の息子が戻る前に帰宅するという彼女の後ろ姿を、私はバスに乗ってから見つめた。私はこの春から時間にゆとりができると伝えて別れたので、そのうち会えると思った。ゴールデンウィークに「入院中です。先輩、ありがとう」との短い文章が届いた。私も短く「会いたい。日程と場所は合わせる」と返事をした。

下旬に手紙を出したが、返事がない状態が続いた。時々気にしながらも時間が流れ、今になってまた思う。電話は反応なしだが、再度手紙を出すと決めた。無事にことが進み、のんびり過ごしていることをまず期待する。

ベランダに立って空を見上げ、久々にソウルに里帰りしたのだろうと思ってもみた。でも「手術は大成功だった。入院中は、残雪の山が見える別荘みたいな暮らしだったよ……」などと、安心させたい思いが先走ってまるで愉快な体験談になり、もしかして自慢げにさえ聞こえたかもしれない。

次々に来る検査や熟睡できない環境、そして命に関わることも含め、あらゆる副作用に対して同意署名をする時の覚悟には、私は触れなかった。また手術後、浴室で二人の介助者の視線も感じつつもシャワーを浴びる違和感などについても、言わなかったのだ、と思い出す。

彼女が話しやすいように「二つの耳で聞く」姿勢から脱線してしまった自分の未熟さが、今になって押し寄せてくる。すまない気持ちになった。

静かに後輩の快復を願い、ひたすら待つと決めて足元に溜まったダンボール箱を片付け、不燃ゴミを分別し、うっすらとよぎる不安の影を、とりあえず断ち切って台所に入った。

先におかずをつくり、電気炊飯器に米を入れ、炊飯開始のスイッチを押したが、反応なしだった。付いてくる戸惑いを止めて「今まで、ありがとう!」と呟き炊飯器を台から降ろした。家族のLINEに「明日お弁当なし……」と情報共有し、スーパーにご飯だけを買いに出かけた。

思い返せば、自分と向き合うことも読み書きも、全然できなかった。あの水曜日は、いくつかの記憶と推測に取り憑かれ、座って何かをする気力を失っていたのだ。

木曜日。豊橋の大学キャンパスから三時に戻り、夕方の散策に出る前にメールを見ると、着信があった。「八月の拡大イベントに、朗読のお誘い」だった。日にちを確認し、お誘いに対する感謝と参加する旨のメールを返した。メールを送り終えた時には、昨日以来のよどんだ気分は消えていた。誘いのメールひとつですぐに戻った元気……。へこんでもすぐ散歩したがる犬のように、私は早速出かけたのだった。

モヤモヤは一気に去り、疲れた身体だったが、気持ちは走り出したいほど晴れ渡っている。鮮やかな赤橙色のノウゼンカズラが、垣根から電柱に向けて伸ばした手を広げている。まるで私を歓迎しているようだった。ワイワイと声では叫ばないが、仕事絡みではなく、好きなことができる場所に「一緒に行こう。遊ぼう」と誘われたことに感激し「やったーっ！　チェゴヤ（最高）！」と呟く。「称賛は鯨も踊らせる」という言葉通りだ。「招待って、こんなにも嬉しいものなんだ！」と素直になって涼しい風の吹く高台を歩いた。

六月の朗読の日のことを思い出す。中村図書館で『孝女・沈青《シムチョン》』を朗読した日のことだ。本番は一〇時半だが、リハーサルのため九時半にイベントのスタッフと会うことになっていた。私は現地に九時頃に着き、公園のベンチに荷物を置いて周りを歩いた。二〇分に待ち合わせの場所に立つと、スタッフと日本人ボランティアのMさんが現れた。図書館の二階の部屋に入り、スタッフたちが絵本の展示やパソコンなど設置している間、私はMさんと朗読を練習した。

前もって二人で会って準備をして、またLINEで気になるところを共有しながらのリハーサルなので、早々「これは楽しい！」と実感した。今までのほとんどの活動が仕事絡みだったので、利害関係を忘れて本に向き合うひと時を感じる私。そして誠実にメモを取り、とことん聞いてくれるMさんの表情も明るい。

練習の後、私が持参した子供の韓国着物・치마저고리《チマジョゴリ》と髪飾り、履物を、壁際の長机に並べた。娘たちが三つ四つの時に着ていたものをこうして活かせることも嬉しい。

ひと通り準備は終わり「お茶でも」と思ったその時、展示された絵本の中に『へいわってどんなこと?』（浜田桂子作　童心社）と、訳の『평화란 어떤 걸까?』が並んでいるのが目に入った。手に取って読み進むうちに「これもぜひ!」との思いが膨らむ。一目惚《ぼ》れの瞬間だった。Mさんに提案し、二人で読んでみた。

子供たちの日常に入り、平和の姿を分かりやすく表現した絵本だった。それまでの私なら、一回の練習で人前で読むことなどあり得ない。しかし今回は、練習不足のままでも読みたかった。一期一会の聴衆と共鳴したい。『孝女・沈青《シムチョン》』のあとに朗読したいと提案し、了承された。

朗読している時「今、没入している」という幸せな感覚が全身に広がった。朗読後は聴衆の質問に答えつつ、かけがえのない時間に包まれた気持ちだった。帰宅し、夕飯後に絵本のカバーに書かれた中・日・韓三カ国作家の共同企画のことを思い出す。調べてみると、韓国では二〇一一年に出版され、読み継がれている。私はMさんとスタッフに「次の朗読会では、中、日、韓からの三名が『へいわってどんなこと?』を共に朗読できたら……」という内容のメールを送った。

その夜、私はぐっすり寝て、翌朝は機嫌よく起きた。絵本に書いてあるように、朝まで安らかに寝られたことで、平和な気持ちになれた。

後に、スタッフからメールがきた。「会場からの質問の際に、リーさんが日本人ボランティアと事前に会って話し合いをし、リハーサル中には『共に朗読をすることでも、小さな平和が生まれています』と言ったことを、日本人ボランティアの方々に伝え、共有しました」続いて「三カ国語の朗読会の提案、通りました」という。素直に嬉しかった。

お誘いのあった八月の拡大イベントでは、本に囲まれた空間で、またひと時を過ごせるだろう。日本語の『へいわってどんなこと？　……きみとぼくはともだちになれるっていうこと』の後、中国語の朗読を聴き、次に私が韓国語で「평화란 어떤 걸까……너와 내가 친구가 될 수있는 것……」（パク・ジョンジン訳）と読み上げる。大きなスクリーンには童話の絵が映り、皆、くつろいで共に聴く。そんなひと時を思い描く。こういうことは先走って無邪気に喜んでいいと思う。打ち合わせとリハーサル

でも、中国語の朗読は、すぐ隣りで耳をそばだてよう。喜びが待っている。

週末に向けて雨が続く。土曜日、脳の手術のことを思い出す。ソウルの母に仕送りを手伝ってくれた彼女には話したが、私が腫瘍を摘出してから、そろそろ一〇年が経つ。今は概ね元気だが、ひとつ気になることがある。「湿気」というやつだ。湿度の高い日は必ず頭痛がでる。脳の右側に重さを感じる。頭の中に塊《かたまり》があって、それがだんだん膨らむような違和感だ。

そんな日は、薬は飲まない。蓮かツワブキの葉に乗って、渓谷を流れていく自分の姿を思い描き、「私のところに来ているものよ！　呼んだ覚えはないけれど、留《とど》まりたい時まで留っていいよ！」と、声をかける。温かいカモミールティーを飲む。頭痛はそのうち、まるで別室に入ってしまったかのように鳴りを潜める。湿気と共に訪れる頭痛とは、そのような付き合いをしている。

日曜日。今日はリビングにある棚を整理する日にしようと思う。封筒ごとに、とっ

くに終わった行事のチラシや資料が眠っている。ほぼ全ては写真を撮ってゴミ箱に入れ、撮らずに捨てるものには「고맙습니다《ありがとうございます》！」とひと言、軽く声をかける。手元に残ったのは、二〇一五年八月の「在日本韓国人教育者大会」の資料冊子と、赤紫色のリボンで束ねた義母の『世界を行く旅紀行』の綴《つづ》り二冊だ。

前者の大会は、国交正常化五〇周年を迎え、日韓関係の回顧と展望について、また韓国語、韓国文化の普及について考察する一泊二日の集いだった。その年の春から大会終了後まで、専任四人とボランティアの人たちの働きで、主管である学校の責任者として運営できたことは、今、振り返っても感無量のひと言だ。大事な記録を、よく見えるリビングの窓の下の本棚に置いた。

義母の綴りをめくってみて、思わぬ贈り物だったことが分かり、目頭が熱くなる。それは、日頃は質素で倹約家だったが、旅に出るための出費は惜しまなかった彼女の、短歌の旅日記だった。恐らく子育てがほぼ終わってからだろう、日記の中の初めての短歌は、一九八五年作だ。

川なかに　国境あり　自由路に
　冷たく続く　鉄条網

離散家族に　思い馳せつつ　望拝壇に
　民の統一　願い祈りぬ

ソウルから共同警備地域・板門店へのバスツアーに参加し、そこで見て感じたことを詠ったものだった。

私は一九八三年、大学二年生の時（韓国のお盆に当たる）秋夕《チュソク》にやはり板門店の望拝壇の前で、会寧《フェリョン》という故郷の町にある墓や、「北」で暮らしているという親戚の話を、両親から詳しく聞いた。北に向かって頭《こうべ》を垂れる父の姿を思い浮かべつつ、私が大学四年生だった時に、はるばる日本から板門店を訪れ、実際にその場に立ち、祈ってくださった、出会う以前の義母に感謝の想いを抱く。

生きているうちに、歩いてソウルから「北」の開城まで行きたい。両親の故郷・白い杏の花が咲く会寧《フェリョン》にも。そう思いをめぐらせて、今は歩く。ここから食欲もトキメキも生まれて来るのだ。

金沢の義母の綴りを食卓の上に置いた。「自慢したくなるような遺産のこと、夕食の際に忘れず家族に報告しますよ」と彼女に、朗らかに告げた。

一進一退の楽しみ

あるランチ会に招待された。場所は名古屋城バーベキューパークで、私のテーブルの向かいには、施設で暮らす小学生が二人いた。私の役目は肉と野菜を焼き、話しながら一緒に食べることだ。

幸い知っているKポップの曲やアイドルのことを聞かれ話は弾んだが、ただ気になったのは、子供たちが食事より冷たい飲み物を取りに何度も席を立ったことだ。木々に囲まれ天幕の下とはいえ、真昼の炎天下はやはり暑い。野外用の扇風機は、私たち四〇人が座る場所に二台しかなかった。設置されたトイレ環境もよくないようで「我慢するわ」の声も聞こえた。水やお茶を飲む量を控えたが「そろそろ私も我慢の限界……。森の中ですます方が、ましかな……」と焦りが出始めた頃「これをもって解散いたします」と救いの声が……。

暑さに負けず、その場で過ごした子供たちに申し訳ない気持ちで、運営側の環境作りに不満が残った。とりあえず私ができることはなんだろう。ぶつぶつ言わず、主催した会の担当者と意見交換して改善を期すことか。地味で遠回りなことも、なまけず、忘れず。

この文章を書いている今、Facebookのメッセージに、Zさんから仕事の誘いが届いた。来年三月、神戸「日韓交流展」での通訳だ。

これまで同時通訳の仕事は、後輩たちに依頼してきた。大学院生の時に一度だけ経験したが、達成感も満足感もなく、足りなかった部分がしつこくついてきて私を憂鬱にしたからだ。宮仕えのバーンアウトを経て、私の集中力、持久力は当時よりずっと低下している。それに加え、つい自分の考えを言わずにいられない性分では、通訳は到底無理だと思った。

「断ろう」と、お誘いへの礼と、できない事情を書き始めたが、不思議と何の交流会なのかが気になり出した。再び内容を読む。「韓国植物画家協会と日本植物画倶楽部」

の共同展示会で会長の挨拶と案内の通訳で、詳しい植物知識がなくても構わない、というものだった。確かに私は、植物も精密画も詳しくはないが、山野の草花は好きだし、二〇年も前から同じ町に住むZさんからの、初めてのお誘いだ。

彼女が多忙な団体の会長になったと聞いたのが四年ほど前。当時はその熱意に脱帽する気持ちだった。私は決心を翻した。爽やかに、また情熱をもって秋の紅葉をバラ色に咲き誇る花に変えるような人生の先輩に、「日程、大丈夫です」と返事した。

時間は十分あるし、近所なのですぐ会える。植物画についても両協会の交流の歩みについても、気兼ねなく質問できる。そう考えを変えると、いただくお礼にも心が踊り出す。まだ金額は知らないが、これは例外的な収入なので、仕事のあとの楽しみとして有意義に使いたい。

まずは町の友達にモーニングをご馳走することにする。何人分が可能かは分からないが、時々早朝に会って歩く友人たちを誘おう。時には犬山や二川《ふたがわ》まで行って歩いた友。岐阜の小高い山々や伊吹山の頂きに、まだ山道に慣れない私を誘ってくれた友。中津川の馬籠宿で共に汗を流した友。とりあえずこの人たちに、それぞれ朝歩きの帰り、喫茶店でモーニングのおもてなしだ。韓国でも日本でも、教員として「もらうこと」「していただくこと」が身体に染みついていた自分を振り返る余裕のできた昨今。その染みを焦らず拭い去ろう。

「日韓交流展」の日程を手帳にメモしていると、後輩教師から久々のLINEがきた。安否確認だったが、やりとりしていると「今、秋のスピーチ大会の準備を始めた」という。それをきっかけに過去の大会のことが思い出された。

大会が終わった後の一カ月は、参加者からの挨拶、笑顔と共に、準備から片付けまでの疲労が現れる時でもあった。二〇〇人以上が参加する大会に見合う内容にしようと、準備には何カ月もかけた。普段の仕事の合間に働く教師やボランティアの方々には、ただただ頭が下がった。

しかし大会の熱気が収まる頃になると、私の耳にポツリポツリ「順位に選ばれず落ち込みました」「ショックです。今、韓国語は学びたくないです」という声が聞こえて来た。外部から五人の先生を招いての審査結果だ。間違いないとは思う。でも大会に出たことで負の気持ちにさせてしまったのなら申し訳ないことだ。クラス担任の教師たちに「どうかその学生とは、キチンと説明と質問ができる、話し合える時間を持つように」と指示を出し、「どうでしたか」と、事後の聞き取りもした。これでやっと安心するという程度に、私の努力はとどまった。

ところである年、大会への挑戦を名乗り出る学生が少ない、と会議で聞いた。確かに年々子供たちの志願者は増え、成人は減る傾向を見せていた。打開策として在学生だけではなく一般からの志願も募ることにした。

方針は決まったものの、ひとりでも志願者を増やしたい未練があった私は、たまたま職員室に別の用で入ってきた学生に「最近、お仕事忙しいですか。요즘《ヨズム》바쁘세요《バプセヨ》?」と話しかけ、ダメもとで大会出場を誘ってみた。彼は、まるで待っていたかのように「ええ、出たいです。お願いします」とすんなり返事をくれた。

一週間後、彼のクラスの教師から「伝えたい内容もはっきりしているし、作文の腕もありますよ」と聞き、ほっとした。当日は途中、忘れてしまい一回は壇上の原稿を見たが、胸に響くスピーチをしたと見受けた。内容も発音も完璧に近い三名はいても、審査委員長賞を含め六位にはなるだろう、そう期待していた。だが結果は、「努力賞」と呼ばれる参加賞にとどまった。大会は無事に終わったが、私の心は晴れなかった。長く関わった先生にさり気なく聞くと「今回は、大上段に構えた主張より、ルーツ探しや留学体験記など、身近なエピソードを具体的に語り、じわじわと共感を得るスピーチが多かったようですね」とのこと。

私が誘った学生のスピーチは「外国人にぜひ紹介したい愛知の名所」についてだった。生まれ育った町、今も暮らす町の隠れた魅力と郷土史的な背景を、淡々と紹介するものだった。確かに聴衆が深く感動するものではなかったかもしれない。しかし私には、自分の故郷に根を張り、小さなラーメン店を経営して未来の「匠《たくみ》」「達人」として暮らす姿が羨ましかった。私の生まれはソウルの町だが、それは故郷ではない。そう感じている。いつも転覆し変貌するソウルについて、三分間とはいえ、素朴で自負が伝わるようなスピーチはできないだろう。ソウルでもここ名古屋でも、定住してはいても、私の気持ちはコロコロと変わる。半分ジプシーのように彷徨う私に、健気にその地に根付いた彼のスピーチが、心地いいそよ風に思えたのだ。

春を待つある日、クラス担当の教師から、あいにく努力賞にとどまった彼の話を聞いた。「仕事も忙しくなり、当分休学する」というのでお茶を飲むことにしたという。私は、机の右側三番目の引き出しから「忍冬酒」を出し、その学生に渡して欲しいと担当に渡した。ずっと前から大会の労《ねぎら》いをしたい想いがあったので「先生！　かさばるものですが、どうか渡してください」と押し付けた。

「忍冬酒」は、文禄の役で連れて来られた朝鮮の杜氏《とうじ》と共に酒づくりを始めたという犬山の老舗・小島醸造でつくられている。思い出のあるお酒だ。

一年半の非常勤講師を経て教頭になり、四苦八苦していた頃、学校行事のボランティア活動をしていた学生から「……これは犬山の薬酒、銘酒です。四百年以上の歴史があって、しかも朝鮮から……」と説明を受けていただいたのだった。当時は赤ワイン一杯で酩酊した私のこと、すぐ飲もうとは思わなかった。が、彼が家の事情で学校に来られなくなってから、その瓶《びん》が気になり始めた。

風邪気味だと感じたある夜、大さじ一杯を同量の湯で割って飲むと翌朝はスッキリ。さらにその叙事的な背景に惹かれ、醸造元の小島家を訪れるようになった。一年に二瓶ほど買い、ひとつは家で、もうひとつはあげたい人に渡してきた。

またその学生に逢えたら、井戸茶碗を模した瓶入りの、スイカズラの花びら仕込みの酒がいかに「醍醐味！」だったかを伝えよう、とかねがね思っていた。そして私が担当教師を通して渡した一瓶も、報われなかった大会挑戦者の汗を、少しはぬぐう役割を果たすだろうと、そう三年半前、思ったのだった。

翌年、二〇二〇年のスピーチ大会はコロナの蔓延で、急遽中止になった。心にゆとりと穴ができた頃、愛知県からの行事案内が届いた。「外国人県民による多文化共生日本語スピーチコンテスト」だった。それまでは小学生から大学生までだったが、その年から一般の外国人も応募できるようになった、と書いてある。

その案内文を学校の広報棚に置いた。会議で説明もしたが、いい反応はなかった。ひとりも参加の意思はない、となると、ここで「ならば、これは私の出番だ！」と心が決まり、三日ほどかけ、空いた時間に書いたものを送った。表向きは県の行事に協力するためだったが、当時のことを思い出すと、やはりスピーチ指導の達人であり他の大会の審査委員も長年やってきた自負を持つ私のこと、体がムズムズし、裏方ではなく表舞台の登場人物になりたくなったのだ。

送った原稿をそのまま今、打ってみる。

歩いたら付いて来るもの

皆様こんにちは！　今、私は、皆様に日頃の思いを伝えることができる、と、とてもワクワクしています。皆様は、今住んでいる町を隅々までよく知っていますか。私は、ソウルから名古屋に二七年も前に来て、ずっと名古屋暮らしです。今だに初めて聞く町の名前や知らない道が多いです。しかし少しずつ歩きながら知らない町と知り合いになり、また友達にもなれることを最近分かりました。今日は皆様に「歩いたら付いてくるもの」について話をしたいです。

私が自分の時間の使い方において、何より歩くことに重きを置くことになったきっかけは、今から七年前のことです。久し振りにソウルへ二週間ほど里帰りをしていた時でした。

家族と友達に会い、行きたい場所にも行き、ゆっくりと満足して名古屋へ帰る準備をしていた時でした。「あしたからナゴヤだ」とつぶやき、ふと私の頭に浮かんだものは、自分の部屋と仕事場そして地下鉄の駅だけでした。町の笑い声や美味しい店や町並みは、なかなか浮かばなかったのです。私の人生、その半分を過ごした町なのに……。それだけじゃなくて、私って、このさき名古屋でやっていけるのか、不安も募り始めました。

名古屋に戻り、その不安を消したくて私の日常を少し変えてみました。休みの日には住んでいる町と隣の町、またその隣の町まで歩きました。仕事の日には隙間の時間を生かして周りを歩きました。例えば、仕事仲間の『甘いもの、食べたい』または『書類、ポストに出してほしい』など、それに応じ、ほんの少し役に立ちながら私は歩きました。このように五年間ほど歩きながら、私の身体に町や道を蓄えました。二〇一八年一二月の暮れにソウルで歩きながら、ソウルの町も戻る愛知の町も、私の心に地図をつくることができました。

皆様！　ここ日本　愛知　名古屋は、とっつきにくいところがあると思いますか。私はお盆やとしの暮れに限って友達や隣人に会いたくなります。私って誘うタイミングがずれてるかな、皆、里帰りかな、と、あれこれ思いながら部屋に籠りますが「今だよ」と身体が囁いてくれるのです。

そんな時に、できるだけ小道や裏道、坂道を歩きます。道に馴染んで見えるのか、道をよく聞かれます。説明を聞いてからは、必ず『道をよく知っている外国人ですね、どこの国から来ましたか』と言われます。ありがとう！　は忘れがちですね。言うまでもなく私の発音と抑揚ですぐわかるのです。

また車が通らない木漏れ日の道で、私の足で二分半ほどの道を、後ろ歩きで七分ほどかけてゆっくり歩いていると、年配の方から『その歩き、からだにいいのか、やってみたい』と言われ、わーっ、と嬉しくなります。この町の方からも遠くから来た人からも声をかけられました。また、風景や風のおかげで頭に浮かんだことをメモしていると『良いことば、見つけましたか』と、『こんにちは』の代わりにさりげなく言ってくれる方もいます。このように「歩き」という動きから、この町で暮らしている実感を、しみじみと味わっています。

しかし皆様！ もしそれだけと思っている方のために、ひとつ言わせてください。ごく最近のことで、まだほかでは言ってない、ここだけの話です。

例えば家から二〇分歩き、石川橋から落合橋まで三〇分ほど歩くと、恥ずかしかったことや避けたい苦手な顔が、薄く遠ざかっていきます。家に向かって歩く時には、いつのまにか、近い未来にしたいことが現れるのです。

植村直己《うえむらなおみ》という探検家が、ちょうど今のような八月、一九七一年に日本列島を三、〇〇〇キロ歩いたように、歩いてみたい、とか、大事な友達とハワイやスリランカの海辺をお腹が空くまで、あるいは眠くなるまで歩きたい、などの夢が、さりげなく付いてきます。その夢を確実にするために市農業センターや愛知池、犬山など、まだ知らない場所を日頃コツコツ歩きます。だって歩きながらは争いもできない、憎めない、沢山持ちたいとも思わない、地球が喜ぶことばかりです。なによりお金がかからない。なので、このドケチな私が歩き続けるのです。

とりわけ来年春には、桜の名所百選の山崎川を、この場にいらっしゃる皆様と歩きたいです。歩いたら付いてくるものが多くあるのか、本当なのか、確かめてみませんか?

ゴー! 5! 山崎川五キロを一緒に歩きましょう! 私の小さな話を聞いてくださり、ありがとうございました。

本選進出は当然だと思い、少しでも若作りしたくて膝に穴のあるジーンズにするか、テーマに合ったウォーキングウエアにしようか、と悩んだ。また賞品の図書カード一万円分のことも考えた。「そうだ、学校の大会で惜しくも参加賞にとどまった人たちにおすそ分けしよう」。

しかしここで「有り得ない」ことが起きた。県のホームページの本選進出者発表欄に、私の名前がなかったのだ。各国の聴衆の前で、推敲を重ね暗記した日本語スピーチを披露する晴れ舞台の夢は消えた。招待状ももらってないのにドレスを選び、フルコースの料理や引き出物まで期待した気分だ。それほど思いは膨れ上がっていた。

食欲もやる気も失った。娘の漫画作品が落選した時も食事は喉を通ったのに。情け深い後輩教師は「進出できたのは中国人ひとり。東南アジア、西アジアが多く、今回は韓国人はなしです。ほとんど若手ですよ……」と言ってくれた。当時高二だった娘・ミチは「ママ！　国籍とか年齢とかより、内容だよね。どれだけ大会の目的に相応しいかでしょ……」と県の担当官みたく、慰めの気遣いなどかけらもない。さらに夕飯の食卓での家族の感想は厳しく「外国暮らしの中での奮闘や新たな学び、あるいは切実に訴えるものがない。ある意味、痛くもかゆくもない……」と聞かされた。

しばらくは、家事も一切やりたくなくなった。大人げなく悶々とするうちに私は、今までどれだけの学生たちに「残念だったね！　次にまた挑戦してください。応援します」と、いとも手軽な指導をしてきたかを思い知った。情けない上着と鈍感なシャツ、ふてぶてしさの帽子を被っているように感じた。どこかに隠れたい日が続いた。

木槿《むくげ》や百日紅《さるすべり》の花に目を奪われた真夏が終わる頃、努力賞の賞品と手紙が届いた。一瞬、呆然とした。入賞ではなく残念賞、参加賞だ。が、賞品は身も心も拭える白いタオル。厳《いかめ》しい「努力賞」の文字の上に可愛らしく並んだふりがなの「どりょくしょう」は、軽やかな労いの気遣いが感じられ、まるで銀の冠に見えた。

私の気分は一気に晴れ渡った。ほとぼりが冷めた頃に届いたこの労いの賞と、再挑戦を促す文面に触れて湧いてきたのは「金輪際《こんりんざい》」とか「またやる」とかではなく「やはり皆さんと歩きたい」という変わらぬ思いだった。石川橋から落合橋でも、壇渓《だんけい》通りから平和が丘公園までも、平和が丘公園から落合橋までもいい。どこでもいい。歩きながら地球や平和や隣人そして川沿いの町おこしなど、たわいのない話をしたい。市や県民生活部に、率先して「山崎川を歩く日」「歩こう山崎の会」を作ってはどうか、と提案したい。川沿いから多少離れた店にも客足が向くのではないか。桜の季節以外も賑わいを取り戻すだろう。私は汗を流す手助けができたら嬉しい。

とりとめない思いだが「忘れまい」と、とりあえず左脳の棚に置くことにした。

やがて秋の学期が始まった。コロナ感染の続く中、私は電話とメールで届いた知らせに「マジ！　ホンマ！」と喜びの声を上げた。さほどの意気込みもなく、出したことも忘れていたソウルの大学行事「海外暮らし体験記」一般部門（エッセイ）での、優秀賞の知らせだった。なんと賞金五万円。いつもの「歩き」を家の周りは「走り」に変える。息を切らして走ったが、心には優しいさざ波がたった。

時々、わずかな小遣いを渡している母に、賞金を初めて丸ごと渡した。ソウルでの授賞式にはZOOMで参加し、賞状は一週間後、母が代わりに受け取ってくれた。仕事や家事の合間に書いて送った結果だったので、日頃世話になっている先生たちや家族に、図書カードやコーヒーカードを「わずかだけど……」と渡した。財布の中は火の車になったが喜びは分かち合えた。

中学校以来の努力賞と高校以来の優秀賞に輝いた勢いで、さらに二つの懸賞に応募したが、今度は落選を味わった。去年夏の「ハガキの名文コンクール」も落選だった。しかし心には、回復弾力性も程よくついてきたようだ。大きく一歩進む。やや一歩退く。また僅かに一歩出てみる。たっぷりの時間の恵みの中で、私だけに見える螺旋を描いて踊るような日々。そんな今が、意外に気に入っている。

昨日は「明日は石川橋から新瑞橋まで、五時前に起きて歩こう」と、翌日の朝食の準備を軽くすませ、十時半に寝床に入った。が起こされた。地震速報だ。零時頃、豊橋方面が震源地だと聞きながらしばらく寝そびれ、起きたら七時。

凍らせた牛蒡茶のペットボトルや冷蔵庫で一晩過ごしたチーズの欠片二つが「情けない！」とご立腹だ。恥ずかしい。慌ててコーヒーチケットの余りを確認し、本とノートパソコンを持って近場の喫茶店に向かう。プランAが駄目ならBがある。しかも……Zまであるのだ。

それにしても暑い。今年は記録的な猛暑だと、ニュースは叫んでいる。これでは「やや少なく稼ぎ、多く実感する生き方」をも忘れそうだ。秋までに脳の右側の棚に「楽しい挑戦」の言葉をそっと上げておく。

どうしても会いたい

秋の学期が始まった。久々に「東京行き」こだまに乗る。

朝五時に機嫌よく起き上がる自分が好きだが、そのためには前日の夜一〇時半には寝床に入り、やや難しい論文を手に眠る必要がある。興味津々の小説や思いにふけってしまう詩集ではますます目は冴える。次の展開が気になるドラマも、就寝前にはご法度だ。

とはいえ苦労して書かれた論文だ。書いた方に申し訳ない気持ちもないではないが、もらいっぱなしよりはましだろう、そう思って読む。何夜もかけて読み、折り目をつけたページを、翌朝また読む。そして著者にお礼と質問を送ることにしている。深い知見からの質問はできないが、気になること、思い浮ぶことを気軽に聞く。

日本人は、質問すること、相手を褒めることに対し、遠慮しすぎだと思う。私は、とにかく意見と疑問を投げかける。もしかして私のたわいのない問いが、一般向けの講演など、その人の次の機会に役立てば嬉しいと、勝手に思う。そして、どんなに小さな行動でも、私は自分を褒める。

まるで車両をチャーターしたかのように広々とした空間で、自分で作った塩入りおにぎりとトマトジュースを前に、昨日の午前中のことを思い浮かべる。

港区の南陽高校に招かれ「Kポップ前後の時代」について話した。特別室に入ってくる生徒たちの表情を見て、私の緊張はたちまち吹き飛んだ。「안녕하세요《アンニョンハセヨ》！」と韓国語で挨拶してくれ、私を笑顔と好奇心に満ちた瞳で歓迎してくれる。漢字で書けば「安寧《アンニョン》」、それに「ハセヨ」で、お元気ですか？　となる。

かけがえのない三時間は、ソウルの教室で別れの挨拶もできず追い出されたという、記憶の底の黒ずんだ痣《あざ》の青が、パステルトーンの青に変わる時間ともなった。以前も山田東中学校や東海、名西、聖霊などの高校の教室に招待されたことがあり、やると決めれば「お誘い、ありがとうございます。楽しみです」と即答したが、その瞬間から前日まで心はソワソワしながらも、負の記憶は影のようについてきた。目の前の生徒たちに話をしていても、心の中にはソウルでの昔の教室風景が広がっている、ということが、時にあった。

それでも今、物事を忘れがちになる方向、つまり老いの入口に立って、時々高校に行く機会が与えられるようになったが、これは実に貴重な時間なのだ。

今回、特に嬉しかったのは、この企画が生徒会や学校からの指名ではなく、港区に住む友達の働きによって成立したことだ。港区に二五年前から住むJさんは子育てがほぼ終わり、地域の子供たちと触れ合う時間を大事にしている。彼女が「隣の国の社会と生活文化を知る」という企画を持参して学校へ提案したのだ。来月には彼女自身が、韓国の食べ物について話と実習をすると聞いた。Jさんと生徒たちが、協力して料理をつくるのだろう。互いに学び、触れ合い、美味しさと笑いが咲きこぼれますように。

「こだま」を豊橋駅で降りて、渥美線にすぐ乗り換えはせず、街なかのカフェに寄った。今日は二限目からだ。一時間半ほどの自由時間に、クリスマス頃に出版できれば、と夢見ている原稿を書き、授業内容の確認もした。

家でも旅先でも「朝の時間」だけは必死なまでにわがままに過ごし、それから仕事をしたり人に会うことにしている。私のルーティンは、私の午後の頭をタンポポのわたぼうしや風船や蝶々のように軽やかにしてくれる。このルーティンがあれば、外の世界にバランスよく対応できる。仕事を減らし、誰にも振り回されず自由に使える時間が増えたことに胸が熱くなる。

カフェを出て、電車に乗る。二駅を過ぎて三番目の愛知大学前駅で降りる。空が見えないほど茂る松の並木道を歩いて講師控え室に入った。今日の二コマの授業に必要なプリントをコピーしながら講義室はどこだったか、と考える。春の学期と同じなのに……。タイミングよく隣の場所で教えている先生が現れ、ひと安心した。彼女が手に取る講義室の「鍵」の番号を横目で見れば済むことなのだ。忙しくしている職員に聞かずに済み、よかった。二カ月前まで毎週木、金曜日に来ていたのと同じ空間にいるのに、何階だったかも記憶にないのは常にエレベーター利用だったからだ、と口実を見つける。激しい情報の流れと共に、講義場所の数字も流されたのだ。

夏休みという空白があったので、秋の学期の初日は講義室に入る時にどうしても照れる。視線はとりあえず学生たちの席から逸らし、窓側やホワイトボードに置く。準備をし、時間になって挨拶する。間を置かず「夏休み、たっぷり遊べた人は？」と質問しながら学生との距離を縮め、最初の扉を明るく開く。

やっと調子が出てくる。手を挙げた学生を褒め「韓国では村上春樹シンドロームが吹き荒れ、『街とその不確実な壁』が……」と韓国の今に触れる。既に読み終わった人がいれば借りたいという思惑もある。結果、ひとりもいなかったが、来週まで待ってもいい。もしかして講義室の学生が全部出た後、そっと戻ってきて「リー先生、これをどうぞ……」と貸してくれることを期待する。春、東京のコンサートに行った学生が「リー先生！　SEVENTEEN《セブンティーン》、よかったですよ。これお土産です」と、クッキーと共に土産話をくれたように……。しかし、そんな奇特な学生がいなければ、鶴舞《つるま》図書館に行こう。待機者が多ければ、その時は仕方がない。オンラインショップで買おう。「すぐ買わないの?」と聞かれそうだが、私の場合、今年の冬にソウルで翻訳本を買って読む予定も組めるし、待ちわびて読めばもっと楽しい。手元に届くまでの、人とのやり取りも楽しみたい。

活字を楽しむ術を知る私にとって、好きな本は家族や友達のように、時にはそれ以上の安心感がある。またパチンコで遊んだりゲームをしたりなどと同じく、ホモ・ルーデンス(遊ぶ人)としてたっぷり遊べた満足感も残る。そういえば、家族や友達に「さびしい」「付き合って」と言ったことがあまりないのも、すでに本という無口で頼もしい存在がいるお陰だ。いつか必ず訪れる倦怠や老衰という客を、やむを得ず迎える時も、そばにさまざまな本がある限り、大丈夫だと思う。「老後」とか「備え」とかの言葉に私は耳を傾けない。今日の時間を誠実に楽しむ、更に工夫して徹底的に愉しむ。

本が一番素敵な恋人だと言い張っていても、実は、会いたい人はいる。その人と

は、どうしても近いうちに会いたい。しかし、どうしたら会えるのかなと、時々、思案する。今までは、歩きながら考えるとひらめきが浮かび、多くのことが解決できた。しかし今回だけはなかなか浮かばない。その人とは、映画評論家の呉東振《オドンジン》(오동진)。韓国では有名人と言っていい人物だが、敢えて「友達」と呼ばせてもらう。私は彼を、ここ名古屋に招待したいのだ。

実は、私は黒沢清監督と二〇二一年一月にメールのやり取りをしている。韓国で『スパイの妻』が上映される前のことで、友達の呉から「映画上映の前に黒沢監督にインタビューしたい。その旨をメールで伺いたいが……」と言われて「無理」とは言わず、とりあえず「当たってみる。時間はかかるよ」と答えた。

砂漠というか名古屋という荒野で針を探す心境、まず日頃会う人たちに、お茶を飲む時、またメールのやり取りをしながら聞いてみることにした。「日本の映画関係者の方、知ってる?」と送ると、五番目の方から「一名、いらっしゃいますよ」との連絡をもらった。閉ざされた扉が開かれた瞬間だった。そこで、その方に「黒沢監督に、インタビューを申し込みたい人がいて……メールのアドレスを知りたいんです」とおずおずと、さらに「ランチでも夕飯でもご馳走します！」と何倍もの明るさで頼んだ。

一週間後、私の手元に監督のメールアドレスが届き、私は震えながらソウルの呉に知らせた。

翌朝、真夜中に送られて来た呉からの韓国語の文章を訳してみる。「黒沢監督の作品は、ひとりの熱烈ファンとしてほとんど見ている。今回の作品公開の前に、私は映画評論家として、『韓国日報』の映画担当・R記者と三人で、ZOOM形式でインタビューをしたい」との内容だった。ここで私が訳に時間がかかったのは、彼が監督の作品にどれだけ魅了されたかを、正確に訳せたか、自信がなかったからだ。「ホラー心理」というジャンルに門外漢の私には、難しかった。後輩教師二人に韓国語の文章と訳した文章を送り、伝わるかどうか、確かめてもらった。わざわざ読んで直してくれた二人に真心を込めて感謝の想いを伝えただろうか――心のゆとりがもてるようになった今になって、気になる。

訳文を呉へのメールに添付すると彼は監督に送り、素早く届いた監督からの日本語の返信を、私はまた彼からもらい、訳して彼に送り返した。裏で動く、インタビューが成立するまでの小さな要《かなめ》の役割だったが、素敵な思い出になった。『スパイの妻』の韓国上映前に、呉による黒沢監督のインタビューが新聞とYouTubeで紹介された。出口を求めていた知人の前に、数秒、明かりを灯す程度の役割だったかもしれない。それでもやはり感激だった。今も時々YouTubeを開き、監督と友達・呉とR記者の真摯な姿を、浮き立つような気持ちで見る。嬉し涙が私の頬で細い川となる。

その経験を、また別の形で咲かせたいという期待と夢がある。ひとつは今後、呉が東京映画祭に来るようなことがあって、黒沢監督との食事会に臨むような機会があれば、通訳としてその場に私もいたい。監督の新しい作品を囲んで二人の対話に耳を傾けたい。もうひとつは、先に書いたように呉を名古屋に公式に招き、彼が思う日本の映画について、また韓国社会と映画について聞きたいのだ。

世の中には怪しい評論家も多い中、呉に、そこまでこだわるのには理由がある。以下にその経緯を述べたい。

若き日の呉（オドンジン）とは、キャンパスと講義室にも私服刑事が潜んでいた大学時代に同じ史学科だった。彼は、私と違ってほとんど講義室には来ず、大学正門とか学生会館の前とかの集会に積極的に参加していた。私は階段かベンチに座って集会の行方を観察する側だったので、彼とは接点もなかった。いつもの白いTシャツと白いズボンが似合う白い顔につぶらな目。中背だがなぜか遠くからすぐ目に入るシルエット。気品が漂い、行動の謎めいた大学生として、私の周りではかなり人気があった。たまに廊下ですれ違うこともあったが、そのまぶしさゆえか、私は意識的に目を逸らした。

こちらは名前も顔も知っているが、おそらく私のことは知らないだろう彼に声をかけるのは、その時は相当難しかった。大学三年（一九八四年）の時、夏休みに入る前だと記憶している。その日は、午後の歴史担当の教授も時局に怒り、「今日はさすがに出席は取らないし、講義もできない。講義は各々《おのおの》街角で……」と言って教室を出て行った。

学友と連れ立って、デモ（示威《シーウィ》）隊のひとつに加わろうと、都心の鐘路《ジュンロ》まで進むと、大通りにはデモ隊に備えて完全防備体勢の戦闘警察巡警が並んでいる。それまでの大学生たちに市民も加わったデモ隊と私たちは、鐘路二街の交差点付近で合流した。この日のデモの具体的な主張は忘れたが、おおかた一九八〇年の光州民主化運動後に続く軍事政権の、さまざまな弾圧行為に対する抗議であったろう。

合流して一〇分も立たないうちに引っ切りなしに催涙弾が撃たれた。人工的な霧が漂い、乾燥させた粗末な唐辛子のような、息の詰まる辛い臭気が漂い始める。私たち参加者は追われる身となり、必死に走り出した。逃げないといけない。私は友達と二人で鐘路三街と二街の間の道から奥の楽園洞《ナゴンドン》へ向かって走った。一〇〇メートルの短距離やスピードスケートが取り柄だった私でさえ、素早く逃げ回ることは難しい。捕まったら殴られる。閉じ込められる！　そう思うと、うまく走れない。震えながら走った。

ピカデリー劇場（今はない）が見える信号の辺りだった。歩道ブロックの前で倒れた人が目に入った。「オドンジンではないか」と友達に言って助けに行こうとしたが、別の人らが抱き起こし、付き添うのを見て、私と友達は仁寺洞《インサードン》の裏の方へ走ったのだ。

その後、彼は強制徴集され軍隊へ行ったとか、南山の安企部（国家安全企画部）で拷問を受けたなど、風の便りは耳にしたが、私の意識の中では途切れてしまっていた。

再び彼の名前を見たのは、私が名古屋の学校勤めにも少し慣れた二〇一一年のある日、図書室で時事雑誌を読んでいる時だった。記事の内容は憶えていないが、読み終わったところにその名前が、「記者」という文字とメールアドレスと共にあった。元気だった。よかった。向こうはますます私など知らないだろうが、私は「ひと言も話をしたことはないが同じ学年の史学科だ……記事を見つけて嬉しかった……」というメールを送ってみた。返事はなかった。送信済みにはなっていたが、突然の便りの私にまで返事をする暇はないのだ、とそう思った。

次の偶然は、先に書いたアニメ映画のアン・ジェフン監督が、二〇一七年、講演会のために学校に来た時だった。企画者として私は監督を空港に迎え、二泊三日の滞在中、食事も三回ほど共にできた。一流のひつまぶしの店では黙然としていた監督は、琉球風の廃れた居酒屋の二階座敷では、この上なく機嫌がよかった。

店を出て、見送る時「次の作品もぜひ、名古屋で学生たちと見たいです。また来てください」と心を込めて言った。彼の「僕もまた来たいです。ただし映画評論家のオドンジンとなら……」という返事を聞いた時には自分の耳を疑った。あ！ 面白くなる、と思い「でも、連絡のすべが……」と言ってみた。「Facebookで会えますよ、友達申請してみてください」と、監督に言われ、その通りにしてみようと思った。

名前を検索しても同名の人が多すぎたが、アルファベットで入れると一発で現れた。でもここで、急に照れてしまう。「わたしよ！」の一言では通じないのだ。目の前にいるか電話なら何とかなりそうだが、やはり「私のこと、知らないだろう」「……実はアン監督が……色々な話を聞きたい……」などと言うのも気が進まない。

あらためてFacebookを見ると、彼の投稿はほとんど映画評論で、新聞の連載コラムにも載っているものだった。突然に自己紹介するよりも、とりあえず彼が書く世界のさまざまな映画の紹介と評論を楽しむことにした。歴史専攻で学生運動経験者、そして記者という流れだと、ドキュメンタリーや社会映画に偏っているような先入観を持ち、襟を正して読み始めた。しかしFacebookの文章は、多くの映画を見てきた

ファンとしてのもので、何より映画の力を信じ、映画に燃えている。ひと言で言うと映画を愛している！「애정하다《エジョンハダ》！」。最も愛情を感じる時に使う韓国の流行り言葉が、ピッタリくるものだった。

子育てや仕事に追われていた頃の私は、映画館にほとんど足を運べず、たまにテレビの「金曜ロードショー」で、または正月休みに家族で『男はつらいよ』とか『釣りバカ日誌』を見る程度だった。見ないと気が済まないなどということは、全くなかった。しかし思わぬコロナ禍の間、彼の評論を参考にして『歩いても歩いても』『あずき』『日々是好日』などなどの、余韻の濃い映画に出合えた。

一方で呉は、二〇二〇年九月『사랑은 혁명처럼, 혁명은 사랑처럼（恋は革命のように、革命は恋のように）』を出版したが、コロナ禍のため多くのミーティングが取り消され、紹介の機会を奪われたようだ。その寂しい心境が、自身のFacebookに載った。

私はソウルの姉に、その本を買って送って欲しいと頼んでから、Facebookのメッセンジャーを通して「おめでとう！　時間があれば話したい。電話番号をよかったら教えて……」と、ためらわず、素早く送った。

奇跡！　直ぐに返事が来た。ここで勤務時間中に電話をするか、家に帰って夜にするか一瞬迷った。じれったい。落ち着いて家でかけようかとも思ったが「おめでとう！」と、自分の声で早く言いたかった。また仕事柄、学校の講演会にアン監督と招くことも考えると、今がいいタイミングだと判断し、午前中に、震える気持ちを抑えて電話をかけた。あれこれ考えながら先延ばしせず、走ったのだった。

電話のある場所は職員たちと同じ空間なので、緊張ぶりはできる限り抑えたい。わざとゆっくり話し、相手の言葉に耳を澄ませた。彼は、私の電話を喜んでくれた。東京映画祭の時に、何回も来たことがある、日本にまた行きたい、私がいる名古屋も訪れたい、と言ってくれた。「キャンパスや講義室で話をしたことがなくても、同じ時代と空間を知っている」と、三五年も経った校舎とソウルの街を思い浮かべ、その夜、改めてカカオトークで語り合った。

例の本が届き、興奮状態で地下鉄や食卓、そして寝床で読んだ。長年、日刊紙に連載した内容が主で、映画日記のようなものだった。分かりやすい言葉でスラスラとページが進み、読み終えた後には「絶対見たい」と思う映画が多くなっていた。コロナが終わりさえすれば、再会したいと切に願った。

不思議な繋がりで黒沢監督とのZOOMインタビューもかなったが、私が呉にやっと会えたのは去年七月下旬だった。私の時間を大学三年の時、ソウル・仁寺洞まで巻き戻せば、三八年ぶり、ということになる。

名古屋にいて約束を決めた時は浮かれるばかりだったが、ソウルに着いてからは、急に固まってしまった。「ひとりで会えるのか、話が途切れたら気まずいかな」と、早朝に人気《ひとけ》のない公園を歩きながら、気持ちは初恋の人に再会するかのように高ぶった。この公園には小学生の頃、遠足で何回もきたし、家から近かったこともあり、三年ぶりのソウルとはいえ昨日歩いたばかりのような場所だ。いつも持参する運動靴に履きかえると足はドンドン軽くなり、一時間ほどのウォーキングは効き目があった。

「そうだ！　私の教え子たちを巻き込もう！」そう思いつき、昼休みの時間を狙って

教え子Cに電話した。「중구야《チュングヤ》！　映画評論家のオドンジンさんに会える。サイン入りの本も美味しいご飯も私が奢るから、一緒にお願い……。상준《サンジュン》にもお伝え、よろしく！」と強引に誘い出す。放送機材関係の仕事をしているサンジュンと趣味で作曲やハーモニカ演奏活動をしている二人なら、話題が途切れることはないだろう。同時に私は呉に彼のエッセイ三冊を注文し、当日は「サインがほしい二人も同行する」と伝えた。遠方から、おそらく二時間もかけて、混雑する土曜日の都心に足を運んでくれる彼に、ささやかだが嬉しい知らせとなるように、と勝手な願いをかける。

　呉との約束の時間は午後二時。まだ間があった。私は、約束の場所、仁寺洞の韓定食店近くで午後一時に二人に会い、今までの経緯を説明した。普段とようすが違ったのか「先生！　初恋だったのですか」と単刀直入に聞かれ、「違うよ！　まぶしい、と思ったことはあったけど……」と否定する。窓外に、びしょ濡れのノウゼンカヅラの花が見えた。控え目に開く花びらが、雨の中で微動だにせず微笑む。名古屋の裏路地では目にしたが、ソウルの繁華街では初めて見た気がした。

　長らく独身だったサンジュンが結婚したい相手が現れたという近況報告に話題が移

り、私たちはお茶の後にかき氷まで頼んだ。大人三人が、まるで教室で騒ぐ生徒と教師のような錯覚に陥る。目の前の二人は白い半袖の制服を着た、やんちゃな高校生だった。あの時、同行してくれた二人のことを思うと、今も胸が熱くなる。私なら「いくら好きだった先生とはいえ、いきなり呼ばれ振り回されるのか。それも週末に……」とぶつぶつ不満をこぼし「私、苦手です」と断ったかもしれない。

　私は今、歩みを止めて朝焼けの中に立つ。木、金曜日の講義を終えた翌土曜の早朝は、空気も澄んでゆったり過ごせる。去年の夏、付き添ってくれた教え子二人と、Facebookで直近の韓国映画作品と昨今の社会事情を、濃い憂いを込めて嘆いていた呉。その顔ぶれが浮かんでは消える。「보고싶다《ポゴシッタ》！（会いたい）」と声を出す。朝の五時半、人気はほとんどない、気兼ねなく大股で歩きながらBTSの『春の日』のサビのフレーズを口ずさむ。

　午後には講演会の参加予定があるが、その時間までは書ける。そう思って机に向かい、記憶を巻き戻して没入する。日本語の単語を思い浮かべ、声にする。

あの時、仁寺洞での再会の時に戻ろう。

午後一時四五分、カカオトークで呉から伝言があった。「店に着いたよ」と。ほっとする。私たちもその韓定食店に向かった。既に呉は「참이슬《チャミスル》」を飲んでいた。アルコール度数一六・五度を昼間の時間に。二人を彼に紹介し、二時からの飲み会が始まった。赤ワイン二杯か生ビールをグラス二杯までが私の酒量で、強いチャミスルは名古屋に来てからは一度も飲んでない。しかしその日は、自分の好みとか拘りとかを言い出す前に、私自ら、チャミスルを口にした。このきついはずの化学酒の一杯が、甘露のように喉に流れ込む。

同時に隔たりが溶け去った。映画に興味があるらしい教え子二人は、サイン入りの本を手に、話を合わせて機嫌よく相槌を打った。さらに「あの『미나리《ミナリ》』（韓国語でセリの意）の俳優・尹汝貞《ユンヨジョン》（윤여정）がアカデミー賞を受けた時、特集番組のゲストで出ていましたよね。見ました」とか、上映中だったパク・チャヌク監督の『別れる決心』の感想を捲《まく》し立てもした。時折二人は「外の空気に当たってきます」と行って、

タバコを吸いに席を立った。

二人が席を離れた時「ずっと前に、雑誌の記事を読んでメールを送ったんだよ」と私が言うと「新聞記者から映画関係に移る時期だったので、見落としたかも……」と呉は言った。また学生運動という前歴があって就職活動が厳しかったこと、拷問の後遺症で今だに身体が痛むことも聞いた。そのため何種類もの薬を飲んでいるようだと知り、真露を四本とペットボトルの막걸리《マッコリ》を空けた時、私は、彼の飲み過ぎを止めるべく場所を変えたいと提案した。

四人でしばらくぶらぶらと歩いた。時刻は五時。夕べを楽しもうと四方八方から流れるように人波が集まる。はぐれないよう気を配るうちに目が醒める。「久しぶりに行ってみたい店がある」と誘われて地元の人しか行かないような地味な店に入った。

チヂミと味噌鍋を注文したが、しばらくすると常連さんが来たと言って、溶いた卵にエビのエキスで味付けした蒸し계란찜《ケランチム》をサービスしてくれた。ふわふわしたレモン色に小さな糸トウガラシと見紛うエビが横たわっている。叔母のうちで食べているような優しい気持ちに包まれて、ビールを飲み、また飲んだ。美味しさに気持ちよくお

酒が進む。八時頃になると、彼には引っ切りなしに電話がかかってきた。体調を心配する家族からだった。

家が遠い彼を先に送るべく、道端で教え子たちが先に握手をした。私も手を出すと、その手にキスをしてくれた。このお洒落な挨拶は、遠路訪ねて来たことを友情の証だと告げてくれたものと私には感じられた。彼は逞しい。私は、どこか、退《ど》いて佇むカタツムリで、彼はツワブキの大きな葉のようだ。傷つき穴だらけだが、社会の「死角地帯」を包もうとしている。帰路につく彼は、やはりまぶしかった。

残った三人は、もう一軒カフェに入り、サイン入り本の目次に目を通しつつ映画の話の余韻を楽しみ、かなり暗くなってから別れた。

名古屋に戻ってから、私と教え子たちに会ってくれたお礼と、また会いたい気持ちを込めて、ローストしたコーヒー豆を買い、国際郵便で送った。東京で飲んだコーヒーが懐かしいという彼の言葉を思い出し、東京を思わせる風味を選んでみたが、映画日記の記事を書く時など、少しでも役立ってくれれば、と思った。また名古屋での

「香る仕事」に彼を呼びたいのだ。「香る仕事」とは何か。ここまで書いても鮮明に思い描けないのだが、漠然と浮かんだことはある。とりあえず今度の小さなお茶会や忘年会、新年会で会う人たちに言ってみようと思う。

「呉が好きだった、少し前の日本映画のことや韓国社会と映画についての話を、ここ名古屋という街で、みなと一緒に聴きたい」。

でも、仕事の名刺を持たない私にできることだろうか。そんな虹色の悩みを連れて、早朝の散策は続く……。

Aruko Lee（アルコ リー）
高麗大学卒。ソウルで高校の歴史教師を経て30年前に来日。名古屋大学文学部で修士取得。名古屋市の緑、西、千種、昭和区を経て現在は天白区で暮らす。朝は山崎川や愛知池、車が通らない路地を歩き、夜は月と走る。最近の好物は刻んだキムチとラー油を添えたきしめん。夏は蕎麦と蕎麦湯。NIC外国語で楽しむ絵本の会と地球市民教室でボランティア活動に従事。

愛を配る会（子ども食堂 わ）理事
愛知大学、愛知淑徳大学、NHK文化センター講師
元名古屋韓国学校校長、元愛知教育大学講師
邑翠文化フォーラム 会員

絵＝Hitsuji Y Lee

八・百・屋の町を歩こう

2024年2月18日初版1刷発行

著者　李 孝心（イ ヒョシム）

編集制作 樹林舎
〒468-0052名古屋市天白区井口1-1504
TEL:052-801-3144　FAX:052-801-3148
http://www.jurinsha.com/

発 行 所 株式会社人間社
〒464-0850名古屋市千種区今池1-6-13今池スタービル2F
TEL:052-731-2121　FAX:052-731-2122
http://www.ningensha.com/

印刷製本 モリモト印刷株式会社

ISBN978-4-911052-07-5 C0095
＊定価はカバーに表示してあります。
＊乱丁・落丁本はお取り替えいたします。